Vida entre callejones.

Andrés Guerrero.

I

Luego de escaparse de su tercera familia en adopción, Dwayne se encuentra sólo, divagando por la calle, con la consciencia nublada y una barriga vacía que lo hace estremecer.

Es un viernes por la noche, las luces de los carros lo encandilan mientras que el frío penetra su curtida franela blanca. La vida nocturna está en su total apogeo, muchas personas pasan a su lado caminando con sus caros vestuarios, irradiando felicidad, él siendo todo lo contrario, camina con unos zapatos de hace más de dos años y un pantalón roto, transpirando inconformidad y tristeza.

Luego de caminar y de ser rechazado de todos los locales en donde pedía comida... *—¡Fuera de aquí, negro muerto de hambre!—*decían los comensales y los trabajadores de los establecimientos.

Dwayne entra a un callejón, ya está lo suficientemente exhausto como para dormir sobre ese pavimento, tan frío como sus sentimientos y tan curtido como su inocencia.

Agarra y despliega un par de hojas de diarios que encuentra regados en el piso y se acuesta sobre ellos. Sin poder conciliar el sueño, debido a los punzantes recuerdos que lo perturbaban con respecto a lo que ocurrió y vivió con sus tres familias adoptivas.

Dwayne lleva desde los tres años en ese trajín de los hogares temporales y de los servicios de beneficencia, todo debido a su padre, quien en medio de una borrachera asesinó a su madre con un bate de béisbol. Este agravante suceso apareció en todos los diarios del país, pero hasta ahora no lo han logrado capturar, ya que luego de cometer el asesinato, el hombre de treinta y dos años se dio a la fuga y dejó a su pequeño hijo en su habitación, sólo y llorando debido a los gritos que había escuchado provenientes de la cocina.

A la mañana siguiente los vecinos del edificio llamaron a la policía gracias a los llantos desconsolados de Dwayne, luego estos llamaron al servicio social para que se encargaran de él y se lo llevaran a un lugar que se convirtió en su hogar durante un año, un lugar en donde residen todas las desafortunadas e inocentes criaturas que vienen a un mundo en donde la inconsciencia y la crueldad reinan en su totalidad.

Tres horas después de combatir con lo trágico y difícil de su pasado, por fin se logra dormir con lágrimas en los ojos, causadas por la sed y al hambre que tiene.

II

Al cabo de una hora y media, aproximadamente, Dwayne se despierta gracias al sonido de dos voces, acompañadas de risas y golpeteos de botella, con miedo entre sí, levanta la cabeza y ve que es una pareja medio ebria y con las hormonas a flor de piel. Dirige su mirada al piso, con un poco de resignación y nota que el hombre había arrojado al piso su suéter negro y su billetera, todo producto del frenesí de la ocasión.

Dwayne se acuesta con los ojos abiertos, el estómago le ruge, la rabia hacia el mundo se empieza a dispersar en todo su ser. De un momento a otro se le viene una escena fugaz a la mente: Se vio a sí mismo tomando la chaqueta, la billetera y posteriormente huyendo para que no lo atraparan.

En tan solo segundos, recuerda aquellos duros momentos que pasó con su primera familia adoptiva, la cual estaba conformada por Aiden, Danisha y Terrence. Esta familia había recurrido a la adopción debido a que Danisha, luego de tener a Terrence, tuvo un derrame interno y eso hizo que ya no pudiera tener más hijos. Lo intentaban, pero fetos muertos era el único resultado que obtenían.

Aiden y Danisha en un principio estaban de maravilla, pero con el pasar del tiempo, exactamente a los ocho meses, empezaron los abusos en contra de Dwayne. Muchas veces lo dejaban encerrado mientras que la familia se iba al cine, otras veces no le daban comida o simplemente le servían las sobras de Terrence; todo debido a que el cariño y la conexión que sentían hacia él, se desvaneció, ya que él no era de ellos, no tenía su ADN y no tenía su apellido.

Esos recuerdos, esas imágenes le nublan la mente y la cordura. Se levanta sigilosamente, pero mientras lo hace, mueve uno de los periódicos y hace que la pareja se detenga y voltee hacia el lugar, sin consecuencias, ya que Dwayne está siendo tapado por un conteiner de basura. La pareja al ver que no pasa ni aparece nada, sigue haciendo lo suyo.

Dwayne asoma la cabeza para verificar si la chaqueta y la cartera siguen en el mismo lugar. Está temblando del miedo, la adrenalina ya empezó a inundar sus articulaciones, de pronto se decide y empieza a correr hacia allá, el hombre se percata y se queda inmóvil, piensa que el niño sólo está huyendo de algún policía, hasta que ve como su suéter marrón y su cartera toman lugar en las manos del infante, y cuando reacciona, ya este se encuentra cinco pasos adelante. El tipo se sube los pantalones y empieza a correr tras él.

Dwayne sale del callejón, con la chaqueta y la cartera entre sus manos, gira a la izquierda, voltea hacia atrás y ve al hombre blanco persiguiéndole y gritándole:

–¡Devuélveme mis cosas, pequeño negro ladrón!–.

A toda velocidad entra a un vecindario con casas de ladrillo, techos negros, calles oscuras y temerosas, ve una furgoneta negra y decide esconderse detrás de ella, pero el tipo blanco lo ve. Al llegar lo golpea, lo tira al piso y le da varias patadas exclamando:

–¡Malditos negros, malditos latinos, son el cáncer de mi país!–.

El hombre ya hizo lo suyo, ya le dio su lección al pequeño niño negro al romperle la nariz y dejarle la boca sangrando, pero cuando se da la vuelta para irse, siente lo frío del metal de una Colt calibre cuarenta y cinco en su frente.

El tipo debido a la impotencia y a la adrenalina, olvidó que se estaba metiendo en un vecindario controlado por una de las cinco *gangs* más poderosas de toda Nueva York.

–¿Quienes son el cáncer de mi país, blanco mariquita? ¿Sabes lo que le pasa a los racistas por aquí? Los descuartizamos en el muelle–dice el pandillero–. El cual está vestido con una ancha franela negra, un pantalón negro, botas Jordan y una pañoleta con una calavera gris.

Dwayne está en el piso llorando y con la boca sangrando, mientras que el pandillero golpea al hombre blanco.

Al terminar de darle una paliza, el pandillero, agarra la chaqueta, la cartera y se la devuelve a Dwayne, mientras le dice:

—¿Wassup ma' nigga? No llores, los negros no lloramos, luchamos. Óyeme bien, nunca te dejes golpear y mucho menos por un blanco.

III

Dwayne se levanta, recoge la billetera, saca el dinero y se lo mete en el bolsillo de la chaqueta, todo luego de que el pandillero le dijera esas palabras y se fuese.

Cansado y con los ojos medio abiertos se devuelve al callejón en donde estaba horas antes. Tiene hambre y dinero, pero se siente demasiado exhausto como para ir a buscar algo de comer. Mientras camina por la acera, cabizbajo con un suéter negro que le llega por las rodillas.

Dwayne entra al callejón, camina hacia el conteiner, casi cayéndose gira hacia a la izquierda para acostarse en el rincón, pero de pronto ve a un viejo, con un gorro sucio, una chamarra beige, una barba descuidada y con una jeringa en su mano, sentado sobre los mismos periódicos que el chico había puesto antes.

—¿Que hace un chico tan pequeño como tú, en un callejón a estas horas de la madrugada? Si mi reloj biológico no falla, deben ser cerca de las cuatro de la mañana—dice el viejo.

Al ver que pasan varios segundos y el chico no responde ni se mueve, le dice:

—Ya, ya entiendo, eres otro más de la manada, sin amigos y con un callejón como hogar. Debes estar cansado, acuéstate en aquella esquina, porque como verás esta ya está ocupada, duerme tranquilo, los hijos de la calle nos cuidamos unos con otros

Dwayne hace caso, se va hacia la esquina y se acuesta, se sobrepone la chaqueta negro para protegerse del frío e intenta dormir, nuevamente sin poder, ya que aunque el anciano lo trató de forma amigable, no se puede confiar. Una postura la cual aprendió en su primer hogar adoptivo, debido a que Terrence por las noches, solía entrar a su habitación a golpearlo.

Luego de las diez primeras noches, desde que ocurriese por primera vez, Dwayne no ha podido dormir una noche entera. Aunque Danisha por las mañanas le curaba las heridas en el rostro y le colocaba paños de agua caliente en los moretones, pero eso no curaba lo mal que se sentía por dentro, porque la mayoría de las veces las heridas espirituales son más fuertes y dolorosas que las físicas. Aiden por su parte se hacía la vista gorda, el sabía lo que pasaba, pero nunca quiso hacer sentir a su hijo por debajo de un bastardo.

En la mañana, cuando ya el sol se está poniendo, Dwayne abre los ojos, ve hacia la otra esquina y se percata que el viejo ya no está, al parecer se había ido hace rato.

Se levanta y empieza a caminar, con dinero en el bolsillo empieza a buscar algún lugar para comprar comida, ve una cafetería y entra.

La mesera lo ve y le dice: —No tenemos comida para regalar, así que vete—. Dwayne le responde sacando un billete de cien dólares, la mujer se sorprende y agrega: —Así si nos entendemos, siéntate y pide algo barato, porque supongo que es lo único que tienes—.

Se sienta y pide una hamburguesa con una gaseosa, espera aproximadamente diez minutos para que le sirvan y empieza a comer, siente como el pan y la carne se deshacen en su boca, con más de un día sin comer siente que se revitaliza con cada mordisco que le da.

Termina su comida, toma la suéter, se para, paga y espera el cambio. Lo recibe y cuando está cruzando la puerta, escucha la voz de la mesera: —Hey chico ¿Y mi propina?—. Dwayne le responde: —A mi nadie nunca me ha dado nada y tú, no mereces nada—. Y sale del lugar.

Dwayne se devuelve por donde vino, casi no conoce la ciudad, pasa por el frente de la entrada de aquel vecindario en el cual había aparecido aquel pandillero para ayudarle, le causa intriga y empieza a caminar hacia allá, es un lugar en donde la mayoría de los habitantes son negros o latinos.

Avanza y ve la furgoneta negra en donde se había escondido de aquel hombre blanco, pero de pronto ve corriendo hacia a él a un hombre negro, con franela negra y una pañoleta con una calavera gris –*Oh no, no puede ser*– dice Dwayne–. Efectivamente es el pandillero de la otra noche. El hombre sigue corriendo y cuando pasa a su lado, se coloca el dedo índice en los labios, en señal de: "*Guarda silencio*".

El chico queda desconcertado, hasta que de pronto ve a un carro negro acercándosele, es un mustang del sesenta y ocho, el carro se para frente a él y se baja un hombre blanco, le pone un arma en la cabeza y le pregunta:

–¿Dónde está?–. Dwayne se queda callado–. ¿¡Donde está!? –.le grita el tipo mientras le afinca la pistola en la cabeza–. *¿Quién?*-.pregunta el chico–. Sheels, no mientas, vimos que tomó este camino. No dudaré en dispararte si no me lo dices–. Dwayne entra en llanto, el pandillero le da con la base de la pistola en la cabeza, se monta en el carro y se va a toda velocidad.

Dwayne se levanta y escucha un silbido sigiloso, cuando voltea su mirada hacia atrás... ¡Es el pandillero! El cual lo está llamando desde la ventana de su casa.

El chico lo ve y se dirige hasta allá.

IV

El pandillero le abre la puerta, lo hace pasar y empiezan a hablar.

—Hey hommie, gracias por salvarme el culo, ¿Como es tu nombre? El mío es Sheels.

Luego de varios segundos responde:

—Dwayne, mi nombre es Dwayne.

—Hey Dwayne, al parecer nacimos para cuidarnos el uno al otro, ¿De dónde vienes?

—De ningún lado—responde cabizbajo.

—¿Como que de ningún lado? ¿No tienes familia?

—No.

—Eres un misterio, ¿Eh? ¿Donde pasaste la noche ayer? Luego de que le diéramos la paliza a ese blanco imbécil.

—En el callejón de la treinta y tres.

—¿De la calle treinta y tres? Allí se la pasa un viejo adicto, te recomiendo no vuelvas a dormir allí, no te hizo nada, ¿Verdad?

—No, sólo me dijo que me fuera a la esquina y que durmiera tranquilo.

—Está bien, si quieres puedes pasar el día aquí, en la noche vienen unos amigos, quiero que los conozcas para que te familiarices con la *gang*.

Dwayne se le queda viendo a los ojos, con aires de desconfianza y le pregunta:

–¿Quiénes eran los tipos blancos que vinieron hace un rato?

–Esos son los de la *Children Lineage*, una de las *gangs* de los blancos en la ciudad.

–¿Como se llama tu pandilla?

–Nosotros somos *Los Banished*.

Seguidamente le dice:

–Me tengo que ir por un rato, quédate, creo que el destino nos tiene algo bueno juntos.

Dwayne asiente con la cabeza y se acuesta en el mueble, el cual es marrón oscuro y tiene los asientos desgastados, pero aún así es más cómodo que el pavimento frío acolchado con periódicos.

De pronto siente que tumban la puerta, se levanta exaltado y de un segundo a otro se ve apuntado por una Glock calibre cuarenta y dos sostenida por un policía del distrito. –¡Las manos arriba!–le gritan–. Dwayne asustado y con la cara pálida, sigue las órdenes.

–¿Y Sheels? ¿Dónde está? Sabemos que vive aquí.

–El no está aquí.

–¿Y en donde está? ¿Tu quien eres? ¿Su hijo o el nuevo reclutado de la pandilla?

–No lo sé.

–¿Como que no sabes?

En eso llega el compañero del oficial.

–Gibbs, ve lo que encontré dentro del retrete.

—Wow, un kilo de cocaína, de esta no se salva nadie, chico. Si no me dices donde encontrar a Sheels, haremos que la pases muy mal, eres un negro más, si queremos te podemos descuartizar, enterrarte en el patio y echarle la culpa al dueño de la casa, que vendría siendo Sheels.

—Negocio redondo, habla de una vez—.dice el otro oficial.

—No sé nada, no tengo familia, no tengo amigos, soy un hijo de la calle— responde Dwayne con seguridad.

—¿Hijo de la calle? Pues estamos de suerte, nadie saldrá a los diarios a denunciar que un niño se perdió.

A Dwayne se le sale una lágrima del ojo izquierdo.

—No me hagan daño— dijo con la voz quebrantada.

Los policías lo levantan de forma abrupta, mientras que Dwayne patalea y llora desesperadamente, lo sientan en una silla, le dan cinco golpes en el rostro y le vuelven a preguntar: —¿Donde está Sheels? ¿Eres su hijo?—. El chico en medio del llanto empieza a decirles que no, pero los oficiales no entienden sus razones.

El otro policía, llamado Queen, se dirige hasta la cocina, empieza a revisar los gabinetes blancos, encuentra un cuchillo y se lo lleva a Gibbs.

Toma el cuchillo y se lo pone en la garganta al pequeño infante. —Te lo preguntaré por última vez ¿Donde carajos esta Sheels?—. Dwayne no responde, el llanto y el miedo le impiden hablar.

Gibbs se aleja, empieza a dar vueltas y le dice a Queen: —Lo haré de una vez—. El oficial se acerca de manera desquiciada y le corta la mano al niño.

—AAAAAAHHHHHH—. Dwayne grita y en seguida se levanta.

Todo había sido una pesadilla.

V

Luego de recuperar la consciencia y volver a la realidad, Dwayne se levanta del sofá y se dirige hasta el baño para darse una ducha.

Al salir, escucha que alguien está tocando la puerta de la casa, camina hasta la entrada y se asoma por la ventana, ve que son tres tipos, uno es negro, gordo y robusto, vestido con una franela blanca, Blue Jean, botas blancas, conjunto con un reloj de oro y una cadena del mismo material, otro de ellos es moreno, contextura flaca, con unos lentes de sol, camisa verde, chaleco y pantalón de Jean, unos tenis Adidas, tatuajes en el cuello, dreadlocks y ortodoncia brillante, el otro estaba en la acera, viendo hacia los lados con actitud temerosa, es negro, tiene un cigarrillo en su mano derecha, sweater negro con la capucha puesta, unas Bermudas negras y unas botas del estilo constructor.

Dwayne, al ver eso, recordó aquella macabra escena que vivió con su segunda familia, la cual estaba conformada por una madre llamada Cristina, un padre llamado Roberto y un par de hijas llamadas Daniela y Alejandra. Era una familia buena, le daban todo e hicieron lo que en su último hogar no, que fue hacerlo sentir parte de la familia. Todo iba de maravilla, hasta que en un Diciembre ocurrió una tragedia comunicada y transmitida a nivel mundial.

20 de Diciembre - 10 pm.

Dwayne estaba en la sala, viendo los últimos minutos de un episodio de su comiquita favorita, de pronto todo se paralizó por un golpeteo en la puerta principal de la casa, él se levantó del sofá y se dirigió hasta la puerta para abrirla, porque aunque había vivido todo lo que vivió, no dejaba de ser lo que era, un niño inocente.

Cuando la puerta se abrió, vio a tres tipos entrando rápidamente y al verlo le pusieron en la nariz un pañuelo con Éter para que se durmiera. Acto seguido subieron las escaleras y asesinaron a tiros a toda la familia, excepto a él.

Gracias a las investigaciones del Buró de la policía estadal, se pudo saber que el crimen había sido cometido por un grupo de nacionalistas extremistas llamados "Whiting". Estos planeaban ataques y asesinatos en contra de la comunidad latina de todo el país, por eso habían matado a la familia menos a Dwayne, porque la familia era hispana y el es Americano.

Ahora, de vuelta a la realidad:

Se queda viéndolos por cinco minutos, mientras que uno de ellos le dice: –Soy Earl, el amigo de Sheels, ábrenos–. En eso llega Sheels y al verlo abre la puerta.

–Hey bro', te presento a mis amigos, el es Earl–dice mientras señala al hombre negro y robusto.

Luego le dice:

–Estos son Lamar y Curtis–. Mientras señala al tipo de los tatuajes en el cuello y al del sweater con capucha, respectivamente.

–Soy Dwayne–dice el chico.

–Oye, ¿Por qué no nos abriste la puerta? ¿Acaso Sheels no te dijo que nosotros vendríamos?

–Sí, pero no confío en ustedes.

–¿Ah? ¿Cómo que no confías en nosotros?–dice Curtis mientras se acerca para intimidarlo.

–Chicos, déjenlo quieto–dice Sheels.

Luego de eso, Dwayne empieza a comer un emparedado que le había traído Sheels.

–Cuando termines de comer, anda y siéntate con nosotros, quiero que hablemos –le ordena Sheels antes de irse a sentar en el sofá junto con sus amigos.

VI

Dwayne come y se va hasta allá. Al salir de la cocina lo primero que percibe es un extraño olor, entre voces y música de Tupac llega al sofá, se sienta y se queda quieto e inerte, mirando fijamente la Beretta calibre cuarenta con relieves de cobre, posada en el medio de la mesa, acompañada de unos billetes y de unos cuantos paquetes de droga.

Al pasar cinco minutos, luego de contar el dinero de un maletín negro, Sheels le empieza a hablar a Dwayne.

—Lo que ves aquí sobre la mesa es nuestro día a día—le dice mientras que hace gestos con las manos.

—Somos una gran familia, nos cuidamos el uno del otro, si alguno tiene un problema, entonces el problema es de todos—agrega Earl.

—Esto es nuestro negocio, esto es nuestra vida, es lo que nos da de comer y lo que nos da para embriagarnos y tener mucho sexo—le dice Lamar con voz ahogada.

—Para esto debes tener agallas, no puedes ser un mocoso que vaya a llorar porque lo golpeen en la cara, debes ser duro, en caso contrario yo mismo te destriparé—le dice Curtis señalándolo con la pistola que tenía en la mano.

Dwayne se queda tranquilo, tratando de entender aquella escena, la cual parecía una reunión de marketing de algún negocio alternativo que está tratando de reclutar a personas normales para que vendan su maravilloso y mágico producto.

Sheels le pone la mano en el hombro y le dice: —Ma' nigga, la pregunta es muy sencilla: ¿Quieres ser parte de nuestra pandilla?

—No lo sé—le responde Dwayne mirándole a los ojos.

Earl interviene: —Hey hommie, Sheels antes de que vinieras nos comentó tu situación, si aceptas unirte a nosotros nunca más tendrás que dormir en un callejón ni robar una cartera con unos míseros cien dólares.

En eso abren la puerta y entran cuatro mujeres, con grandes escotes y minifaldas, una es rubia y las otras tres morenas con rasgos latinos.

Lamar ve que Dwayne aunque era un niño, tiene buen gusto.

—De esto es de lo que te hablaba hace un rato, de esto es lo que disfrutarás cada vez que quieras si te unes a nosotros y haces las cosas bien.

El chico sonríe y empieza a disfrutar de la música, cabeceando al son del bombo de la canción *Changes* de Tupac. Ya se siente entre amigos, por fin siente que alguien lo acepta y lo toma en cuenta.

Al cabo de una hora, una de las chicas saca una botella de tequila.

—Para sentirme como en mi patria, carajo— Dwayne, al escuchar eso, con ese acento mexicano, se le viene a la mente el recuerdo de su familia adoptiva que murió asesinada y le pregunta: —¿Como es tu nombre?

En medio de risas emitidas por los demás en la sala y luego de que Sheels dijese: —*Wow, el chico tiene buen ojo*— La chica le responde: —Mi nombre es Jessica ¿Y el tuyo?

Dwayne Reevers—replica con voz seria.

Earl vuelve a intervenir y dice: —Vaya Jessica, tendrás que venir más seguido, desde que estas aquí el chico misterio ha hablado más de lo que lo hizo en dos horas con nosotros.

—Que no la vea mucho, ella es mi chica—exclama Curtis.

—Hey bro', relájate, ya el chico es parte de nosotros—le responde Sheels.

Todos guardan silencio y se le quedan viendo fijamente.

Dwayne está estupefacto, han vuelto a abordar el mismo tema que hace rato evadió con un simple "No sé".

Se queda pensando y se admite a sí mismo que no quiere volver a los callejones ni a correr por cien dólares, así que asiente con la cabeza.

Lamar al instante dice: –Bueno chico, ya que eres parte de los *Banished*, debes inicializarte. Jessica dale un *body shot* de tequila con limón y sal a Dwayne para que entre en calor.

VII

Al día siguiente, Dwayne abre los ojos, ve todo un desastre en la sala, botellas, líneas de cocaína y ropa interior adornan la mesa principal. No sabe que pasó la noche anterior, lo último que recuerda es cuando tomó aquel trago de tequila con limón y sal servido desde el busto de Jessica, pero después de eso no se acuerda de nada.

Se levanta, se va hasta el refrigerador, toma unos cuantos vasos de agua. Se siente deshidratado, le duele la cabeza y siente un hambre feroz. Revisa la casa y se da cuenta que no hay nadie, todos se fueron.

Agarra su suéter de cuero pero antes de salir, se queda viendo a la mesa de la sala, observando fijamente a la pistola con relieves de cobre que aún permanecía allí, camina hasta allá y la toma, pero de pronto en su mente una voz le dice: —No la necesitas, tú eres un niño, no un pandillero—. Le hace caso y la deja en su sitio.

Sale de la casa y empieza a caminar, buscando algún lugar para comer, pasa por el callejón de la treinta y tres y no ve a nadie, sin parar sigue su camino y a lo lejos ve un local llamado: "La Pizzería de Enzo". Aún le quedan cerca de noventa dólares de los que había robado la otra noche así que se dirige hasta allá.

Entra a la pizzería y empieza a hacer la cola para hacer el pedido, pero de pronto se percata que todos los comensales se le quedan viendo, y posteriormente se van retirando del lugar, tanto así, que llega al punto en el que es el único que queda en la cola y en todo el local. Sin prestarle atención, se acerca a la caja para pedir, y de pronto se abre la puerta de la cocina abruptamente y sale un hombre viejo con bigote, vestido de cocinero y diciendo con acento italiano: —En mi pizzería no se aceptan pandilleros, fuera de aquí, fuera de mi negocio—. Sosteniendo con sus dos manos una escopeta y apuntando al chico directo al pecho.

Dwayne se da la vuelta y se va, preguntándose en su mente: —*¿Como saben que soy un pandillero?*—. Mientras va caminando de vuelta a la casa se empieza a detallar, se ve la chaqueta y todo está bien, el pantalón igual, los zapatos tampoco lo delatan, de pronto cuando ya entra al *guetto*, siente una picazón en el antebrazo izquierdo, se sube la manga y ve una de las dos secuelas de la noche anterior, tiene un tatuaje, no sabe lo que es, no sabe lo que significa, sólo es un centurión, con una bala en la parte inferior y un par de pistolas cruzadas. Se queda tres minutos viéndolo, pero de repente todo se paraliza, frente a si está pasando el mismo mustang del sesenta y ocho de la banda de la *Children Lineage*, se baja el mismo tipo y lo mete a los golpes en la parte trasera del carro.

—No sé en donde esta Sheels—exclama Dwayne.

—Ya no nos interesa Sheels, nos interesas tú, porque ya eres parte de los *Banished* y eres nuestro enemigo, hoy te mueres.

—¿Como carajos saben que soy de esa *gang*? ¿Acaso lo llevo tatuado en la frente?

—No te hagas el desentendido conmigo, ese tatuaje que tienes en el antebrazo te delató, aparte de ese casquillo que tienes tatuado en el cuello.

—¿Que casquillo? ¿En qué cuello? ¿De qué demonios me hablas?

El pandillero arregla el espejo retrovisor dentro del carro y enfoca a Dwayne.

—Velo por ti mismo.

—¿Que mierda es esta? ¿Cuando me hice esto? ¿Qué significa?

—Significa que eres miembro activo entre las guerras de pandillas. Por eso estás aquí, aún eres joven, así que mataré al retoño desde la raíz.

—¿Qué? ¿A dónde me llevan?—. Dwayne empieza a golpear los asientos.

—Al fin de tu vida.

El pandillero, llamado Michael, le mete un golpe en la sien a Dwayne, este cae inconsciente y seguidamente le dice: —*Dulces sueños*.

VIII

Dwayne de pronto despierta, todo gracias al balde de agua que los de la *Children Lineage* le echaron encima, mientras recupera el conocimiento, escucha la voz del mismo que lo metió a los golpes en aquel Mustang que ya se había convertido en señal de problemas.

–Ya veo que la princesa despertó de los dulces sueños para vivir esta pesadilla.

–¡Suéltame!–exclama Dwayne.

–¿Soltarte? Si ahora es que empieza el show.

–Carl, baja la cuchilla, vamos a darle un poco de corriente al chico para que agilice más las neuronas–dice otro de los pandilleros.

Dwayne rápidamente entra en pánico y empieza a gritar, mientras que siente como por sus brazos entra electricidad, violando sus articulaciones y electrocutando su inocencia.

Michael hace un gesto con la mano para que subieran la cuchilla, seguidamente sale un tipo desde las sombras en dirección hacia Dwayne.

–Hey *fucking nigga*, por si no lo sabes, soy Phil, quisiera poder decir mucho gusto, pero eres otro negro asqueroso de los *Banished*, así que vayamos al grano.

El hombre blanco, vestido con una pañoleta, bermudas de Jean, franela ancha blanca y un par de tenis negros, hace señas para que le traigan una silla.

–Como verás, soy el jefe aquí, he venido personalmente para interrogarte ya que necesito saber algunas que otras cosas ¿Vas a colaborar?

—No sé nada—dice Dwayne.

Al otro lado de la ciudad, se encuentra Sheels junto con Earl en su casa, escuchan el timbre y abren, es Lamar junto con Curtis, Lamar trae consigo un bolso guindado de su hombro derecho, y Curtis apenas al entrar dice: —¿Por qué carajos vamos a arriesgar nuestras vidas por ese chico nuevo? Dejemos que lo maten, de todas maneras no sabe nada de nosotros ni de nuestra banda.

Lamar pone el bolso sobre la mesa, lo abre y saca algunas granadas, pistolas cortas y armas largas.

—Bien hecho, ya tenemos los juguetes, ahora necesitamos un plan—dice Earl.

—Hey Sheels ¿Como sabes que todo esto es verdad y no una mala jugada de ese pequeño negro? Sigo insistiendo en que no nos deberíamos arriesgar por él—dice Curtis mientras enciende un cigarrillo.

—Verás Curtis... ¡Jessica!—grita Sheels.

—¿Qué pasó?—dice la mexicana mientras sale del baño.

—Necesitamos que le expliques a tu noviecito lo que pasó con Dwayne.

—¿Mi noviecito? Ya quisiera él... Bueno, yo venía de camino para acá, venía a traerle algo de comida y pastillas al niño, porque pensé que no se sentía bien, ya que la noche anterior no paraba de decir que era su primera *peda*. Cuando vengo en camino y paso la esquina, lo primero que veo es a Michael, uno de los de la *Children Lineage* empujando y metiendo a los golpes a Dwayne en un viejo carro negro.

—Traté de correr pero no llegué—agrega Jessica.

—Bien, ahora que ya sabes lo que pasó...—. Suena el teléfono de Earl.

Pasa un minuto escuchando y cuelga.

–Era Rick, me dice que están en la planta abandonada de la catorce con el cruce de la dieciséis, ya dio vueltas de reconocimiento y me dice que máximo deben haber unos seis u ocho adentro.

–¿Entonces estamos listos? –pregunta Lamar.

–Yes hommie, el plato está servido, vámonos, allá están Rick, Jamal y Dimitri, esperando a que le llevemos los juegos pirotécnicos para empezar la función.

IX

Sheels, Earl, Lamar y Curtis agarran el bolso, salen de la casa y se montan en la camioneta negra en la que se había escondido Dwayne hace un par de días.

Earl enciende el carro y dice: —Ready para el show—. Este maneja a toda velocidad mientras que los demás encienden un porro de marihuana, pero cuando Earl se percata, voltea y les dice: —¿Tan rudos y fumando esa cosa? Yo si soy un verdadero hombre—. Y saca una bolsita con Cocaína, mientras maneja con una sola mano, echa un poco en una de las llaves que tenía en el bolsillo y la inhala por la nariz.

Van pasando los semáforos a toda velocidad, pero de pronto pasan al lado de una patrulla y esta les enciende la alarma.

—¡FUUUCK!—grita Lamar.

—Tranquilo my nigga—le dice Curtis.

Al otro lado de la ciudad en la industria abandonada, se encuentra Dwayne, aún siendo interrogado por Phil, el cual ya está perdiendo los estribos, debido a que ya ha pasado cerca de una hora poniéndole electricidad al chico de los *Banished* pero hasta ahora no ha dicho algo.

Dwayne ya está exhausto, no siente los músculos, tiene frío y siente que si se levanta no va a poder mantenerse en pie. Quiere descansar, pero no puede darse el lujo de bajar la guardia y echar una pequeña siesta.

—Me estás poniendo las cosas difíciles ¿Eh?—dice Phil.

Rápidamente llega Michael con un teléfono en la mano

—El jefe está del otro lado, necesita hablar contigo.

—Hey, wassup Phil? ¿Ese pequeño chico negro te quedó demasiado grande? Eres un inútil, llevas una hora y aún no le has sacado nada. Estas dejando de ser mi hombre estrella—dice el hombre al otro lado de la línea.

—Perdón jefe, pronto le...

—No me pidas perdón, quiero resultados Phil, ¡RESULTADOS! ¿Si me entiendes?

—Tranquilo jefe, se los tendré.

—Está bien, si pasa una hora y el chico sigue con la boca cerrada, te doy orden para que lo elimines, ya estoy harto de Sheels y su gente—dice el hombre y cuelga.

—Ya veo que eres la perrita de tu jefe—dice Dwayne mientras se ríe cínicamente.

Phil se levanta rápidamente, saca un cuchillo, una pistola y se los pone en el cuello y en la cabeza, respectivamente.

—¿Con cuál de estos dos juguetes quieres que me divierta contigo? —Le pregunta Phil—. Mientras aprieta sus dientes con su ortodoncia de incrustaciones de diamantes.

—Haz lo que vas a hacer de una vez, niña.

—Vaya, vaya, con que me salió rudo el bastardo negro.

Dwayne le escupe el ojo y le dice:

—Eso es por mi y por todos los negros de este país, somos humanos igual que ustedes, malditos blancos maricas, no sirven para nada, sólo para fumar crack e inyectarse heroína, los voy a...

De repente la voz de Dwayne no suena más en la habitación, todo se queda en silencio. Hasta que es quebrado por un gran grito: —¡Maldito, me clavaste el cuchillo en el estómago!

–¿Tú no eres rudo? Ahora vamos a ver que tanto lo eres. ¡Michael! tráeme los instrumentos para darle de tomar a este hijo de perra.

Por otro lado los chicos están sentados en el carro, esperando a que el policía se acerque. Earl está viendo por el retrovisor y se percata que el policía ha sacado el arma.

–¡Las manos en el volante!–grita el Oficial.

Earl sigue las órdenes, pero Sheels que es su copiloto se saca el arma, la prepara y la tiene agarrada con la mano derecha en el espacio que queda entre el asiento y la puerta.

–Identificación y licencia para conducir, por favor–dice el oficial.

–What the fuck men?–dice Curtis.

–What!? No puede ser, el pequeño Curtis ¿Como esta todo hermano? – pregunta el policía.

Todos los chicos se quedan ipso factos, luego de cagarse con la policía, resulta ser que el tipo es amigo de Curtis.

–Bien bro', pero no tenemos tiempo, estamos en medio de algo, luego nos vemos y conversamos mejor–le responde Curtis.

–¿Crees que te libraras de una multa tan fácilmente?

–Recuerda que aún guardo varios secretos tuyos, así que baja la guardia y déjanos ir.

El policía baja la mirada, guarda la pistola y se regresa a su carro.

–Wooooh, estuvo cerca–dice Earl.

–Tranquilo hermano, tú sabes que siempre he tenido mis contactos–le explica Curtis.

—¡Vamos, vamos! no tenemos más tiempo que perder, ya al chico lo deben estar torturando para sacarle información. Arranca—dice Sheels mientras golpetea el tablero del carro

En la otra situación, a Dwayne le están haciendo la técnica del ahogo inducido, le colocan un paño en la cara, inclinan la silla en la que está sentado y le echan agua, produciendo efectos tales como si se estuviese ahogando.

Lo levantan y sigue sin decir nada, el estómago le está sangrando por la puñalada que le había dado Phil hace unos quince minutos.

Phil se sale de quicio, carga su pistola y se la coloca en la cabeza a Dwayne.

—Hey Michael, ven a ver cómo le vuelo los sesos al bastardo.

Michael no responde ni aparece.

—Michael... ¡MICHAEL VEN ACÁ! ¡ES UNA ORDEN!

Michael no da señales.

—Bueno, tú te lo pierdes, imbécil.

Phil le afinca la pistola en la cabeza a Dwayne, se prepara, pone el dedo en el gatillo y ya se siente listo.

—Ya llegó tu hora, negro de mier... —. El tipo guarda silencio de inmediato, todo gracias al cañón frío de la magnum calibre cuarenta y cinco que Earl le ha puesto en la nuca.

Acto seguido sale Sheels, agarrando con una mano a Michael y con la otra apuntándolo en la cabeza.

Más atrás salen Lamar y Curtis con armas tipo FAL dirigidas a Phil, mientras que Rick, Jamal y Dimitri expurgan los cuerpos de los otros miembros de la *Children Lineage* que habían eliminado minutos antes.

—La hora te llegó a ti, maldito, suelta el arma—dice Earl.

Phil lo piensa, pero sabe que lleva las de perder. Sube su mano izquierda y luego bota la pistola con la derecha.

—¡Muy bien!—dice Sheels.

Luego arrodilla a Michael, le pone las manos en la cabeza y le da dos disparos letales en la espalda.

—Una mierda menos—expresa Lamar luego del acto.

Earl le mete un golpe en la nuca a Phil con la base del arma, el tipo se cae y le dice: —No te voy a matar sólo porque necesito que le hagas llegar un mensaje al maldito de Bill.

—¡Ahhh, ayúdenme!—grita Dwayne—. Mientras que la mirada se le pierde en su propia órbita.

—¡Mierda, el chico está herido, hay que llevarlo a un hospital!—eexclama Sheels.

—Vámonos de inmediato, ya está perdiendo la consciencia—expresa Lamar—. Mientras lo levanta.

—Está bien, en el camino dejaremos tirado a esta mierda—dice Earl.

X

Dwayne cierra los ojos y cae en un sueño profundo, se ve y se siente a sí mismo en un túnel, está caminando sin saber a dónde va y ni siquiera sabe porque, sólo lo está haciendo.

De pronto se percata que al fondo del túnel hay una persona caminando hacia él, es un tipo negro, robusto, con sombrero, traje blanco y un maletín de cuero negro, parece un tipo misterioso. Mientras más se acerca, a Dwayne se le ponen los pelos de punta y siente como su presión arterial va en aumento.

Entre un instante y otro aparece un banco de acero en el medio del túnel, la situación parece una escena de rodaje en Hollywood, en donde las cosas aparecen por si solas y de manera repentina.

El tipo llega de primero al banco, se sienta, abre el maletín y recuesta su antebrazo derecho sobre la tapa. Dwayne lo ve, actúa como si nada pasara y sigue caminando. Al llegar siente como las piernas le tiemblan, a pesar de que no fue una distancia larga la que recorrió.

Se sienta y el hombre empieza a hablar mientras mete mano en el maletín:

—Dwayne Reevers, trece años, tres familias adoptivas y una cicatriz en el estómago por una guerra entre pandillas.

—Ese soy yo ¿Pero usted? ¿Usted quién es?

—Yo soy el que hace las preguntas—le dice mirándolo fijamente a los ojos.

El hombre saca una foto del maletín, en ella esta retratada una familia en plena celebración decembrina. Está el padre, la madre y un niño, todos con grandes sonrisas, a excepción de aquel chico que se encuentra en la escalera, casi invisible, con mirada triste viendo como los otros disfrutan y celebran, al parecer el villano de su Navidad no es Santa Claus, es aquella familia que lo trata peor que a un elefante en circo mexicano.

Se la muestra y Dwayne automáticamente retrocede en el tiempo y revive en carne propia aquella navidad que pasó encerrado en su habitación, sólo y viendo caer la nieve desde su ventana, sin poder jugar con ella y ni tan siquiera sentirla, ese día en la noche empezó a llover y a caer relámpagos. El pequeño chico de tan sólo seis años le tenía pánico, eso lo llevó a forzar desesperadamente la cerradura de la puerta, cuando esta se abrió salió corriendo por el pasillo, pero cuando llegó a la escalera escuchó risas con festejos, se detuvo allí y empezó a observar como toda la familia gozaba de libertad y felicidad, ve al otro niño que era su hermanastro abriendo su regalo de navidad, al otro lado, en la cocina, ve a la madre botando la mitad del cerdo que habían cocinado para esa noche y seguidamente todos tomándose la foto grupal para enmarcar aquella fecha que fue tan reconfortante para ellos y tan dolorosa para él.

En el medio de la foto se veía un hermoso paisaje, pero atrás se veía una gran nube cargada de tristeza, imagen con gran contraste ya que las nubes negras también forman parte del paisaje.

—Esa fue tu primera familia adoptiva, junto con Aiden, Danisha y Terrence ¿Cómo te sientes luego de recordar aquella escena?

—Me siento lleno de rabia e impotencia—dice Dwayne con una lágrima brotando de su ojo derecho.

—¿Crees que lo que estás haciendo está bien?

—No lo sé, pero necesito hacer algo, estoy cansado de que el destino o el servicio social decida por mí. Quiero sentir que valgo para algo o para alguien.

—Te comprendo, pero debes saber que este no es el mejor camino que hay en tu ruta de vida.

—¿Que sabes tú, men? ¿Acaso has tenido que comer de la basura mientras que adentro de casa fríen un jugoso filete de carne? ¿Acaso has tenido que aguantar golpes por algún hermano adoptivo? Es más ¿Acaso quedaste huérfano gracias a un papá alcohólico que mató a tu madre?

–No, pero...

De pronto Dwayne vuelve a la realidad, abre los ojos y se levanta de un impulso, pero siente un gran dolor en el tórax, mira hacia abajo y nota que tiene un vendaje.

–Oigan, el chico despertó–dice Jessica.

–Hey hommie, estuvimos a punto de perderte, menos mal aguantaste–dice Sheels.

–Yes Brother, parece que en el hospital había un acto público y nos tuvimos que desviar hasta acá, menos mal que Jessica no había olvidado las clases que tomó hace un par de años de primeros auxilios–dice Earl.

–¿Qué pasó? ¿Porque tengo esto puesto?–ppregunta Dwayne.

–Hermano fuiste secuestrado por los malditos de la *Children Lineage*. Te estuvieron torturando y por si faltara poco, Phil te apuñaló en el estómago antes de que llegáramos–le explica Lamar.

–Me voy.

Todos se ríen.

–¿Donde están mis cosas? Me voy.

–¿Para dónde vas? Recuerda que no tienes lugar a donde ir–le dice Jessica.

Dwayne se levanta como puede, busca sus cosas, se viste, se guinda la chaqueta en el hombro izquierdo y se dispone a salir. Cuando llega a la sala, se encuentra con Curtis, este se levanta del sofá, se le interpone en el camino y le dice: –¿Para donde crees que vas? ¿Luego que te salvamos nos vas a dejar? Yo sabía que no servías para esto, te mataré–. Curtis desenfunda la pistola y se la pone en la frente a Dwayne, los demás chicos se percatan y salen, sacan sus armas y lo apuntan.

—Suelta el arma y déjalo ir—le grita Sheels.

—No cometas una estupidez, Curtis. Déjalo ir—dice Earl.

Este lo hace y se vuelve a sentar. Sheels se le acerca a Dwayne, se agacha, ve que el chico tiene unas lágrimas en los ojos y le pregunta: —¿En verdad te quieres ir?—. Dwayne asiente con la cabeza y Sheels le grita: —¡VETE, VETE AHORA MISMO DE AQUI!

XI

Dwayne sale de la casa, ya es de noche, se siente contrariado, sabe que es cierto lo que el tipo negro del sueño le había dicho, ya que aunque alguien no tenga grandes estudios, intrínsecamente sabe cuando está haciendo algo malo.

El chico vuelve a caminar por las calles sólo, sin nadie a su lado, siente un fuerte dolor en la herida que le habían propinado en una batalla de una guerra a la cual no pertenecía y los tatuajes que se había hecho la otra noche estando ebrio, lo destruían por dentro cada vez que los veía.

Aunque fue corto el tiempo que vivió con la familia latina que fue asesinada, los principios y las ganas de salir adelante se quedaron impregnadas en él. No hay una noche en la que no piense en ellos, siempre los tiene presente en sus oraciones y a su vez, le reprocha a Dios el hecho de que se llevó a las mejores personas que había tenido en su vida y deja vivas a las que tanto le hicieron daño, pero al parecer el gran creador estaba cansado y le designó la tarea de gobernar al mundo a su secretaria de turno, hecho por el cual ocurren tantas cosas tan injustas a lo largo y ancho de todo el globo terráqueo.

Dwayne se dirige hacia el callejón de la treinta y tres, lugar en donde aún reposan los periódicos que había dispuesto para dormir hace dos días atrás, llega hasta allá, se acuesta, se coloca la suéter y duerme un rato.

Al cabo de unas cinco horas su sueño se ve interrumpido, gracias a unos gritos, Dwayne abre los ojos, se sienta, echa un ojo pero no ve nada, de pronto escucha a una mujer... ¡Una mujer gritando su nombre! El chico se levanta rápidamente, apenas al asomar la mirada ve como al otro costado del conteiner está un viejo hombre tratando de violar a... ¡Tratando de violar a Jessica! Dwayne ve la escena, se intimida y se queda quieto, no sabe qué hacer.

—¡Maldita sea güero, ayúdame a quitármelo de encima!—le grita Jessica.

Dwayne se toca el bolsillo central de la chaqueta y siente un cuchillo, no sabe porque está ahí, lo cierto es que está y ese es el momento indicado para usarlo.

Dwayne toma el cuchillo, casi no lo puede sostener, la mano le tiembla de los nervios, el sudor está corriendo por todo su cuerpo, la adrenalina se empieza a regar por todo su ser, se llena de fuerza, aprieta los dientes y ataca al viejo, clavándole el arma en la espalda a la altura de los omóplatos, el tipo se cae sobre Jessica y ella como puede sale de sus garras.

El hombre se empieza a desangrar rápidamente, hasta el punto en el que a su alrededor se hace una mediana circunferencia de sangre, mientras que Dwayne está pegado a la pared, muerto del susto y preguntándose interiormente: −¿Que acabo de hacer?−. Jessica le da la vuelta al tipo, le ve dos casquillos tatuados en el cuello y exclama −¡Hijo de la chingada, este viejo asqueroso es un ex pandillero!−. Seguidamente le sube la manga de aquella chaqueta vieja beige que tenía y ve el tatuaje de la *Children Lineage*, el cual es un águila en vuelo con un papel que dice: "*Nosotros somos la verdadera raza*".

Jessica al ver eso le toma de la mano a Dwayne.

−Vámonos rápido de aquí si queremos seguir vivos-luego agrega−: Debemos avisarle de esto al resto de la banda, esto se pondrá bien feo, chamaco.

XII

Dwayne llega junto con Jessica al departamento en donde esta se aloja, se tardaron alrededor de unos quince minutos caminando desde el callejón hasta allí. El lugar es pequeño, cuenta con una modesta cocina a la derecha de la puerta principal, una sala con un juego desgastado de muebles y una habitación con una cama, un closet y un baño.

Al entrar, Jessica le dice al chico que se siente en los muebles porque ella se va a cambiar de ropa. Al cabo de unos veinte minutos suena la puerta junto con una fuerte voz de hombre: –¡JESSICA!–. Al escuchar esto, la mexicana sale rápidamente de la habitación, abre la puerta y sale.

–¡Dame la cuota de tu noviecito! Llevas tres días sin trabajar por andar con ese pandillero pobretón.

–No tengo el dinero, mañana te lo entrego–responde la mexicana.

–¡SERÁ MEJOR QUE TE APURES, AUN ERES MIA JESSICA, MIA!

–¡Oiga, oiga. Espérese un momentico, usted es mi jefe, más no mi dueño, así que vamos viendo si nos ubicamos!

De pronto se escucha un fuerte golpe y posteriormente la voz del tipo gritando:

–¡APARTE DE PERRA, INSOLENTE! ¡QUE NO SE TE OLVIDE QUE FUI YO EL QUE TE SACÓ DE LA MIERDA DE TU PAIS PARA VENIR HASTA ACÁ! ¡RECUERDA QUIEN TE DA DE COMER Y QUIEN PAGA TU DEPARTAMENTO! ¡MAÑANA QUIERO MI DINERO, PERRA!

Jessica entra llorando y con la mano en la boca debido al golpe que recibió por parte del tipo.

–¿Quién es él?–pregunta Dwayne.

—El es mi jefe.

—¿En que trabajas?

—¡Carajo, déjame en paz y anda vete a dormir!

Dwayne frunce las cejas, se da la vuelta y se acuesta en el mueble. A pocos metros de el, esta Jessica, se siente mal, no sabe qué hacer, no quiere seguir siendo prostituta, pero es indocumentada y no sabe hacer más nada.

Jessica nació en Monterrey, vivía en un pueblo alejado del centro de la ciudad, nació y creció en una familia disfuncional, con un padre ludópata y una madre alcohólica. A los diecinueve años dio a luz a su hijo, el cual fue producto de una violación llevada a cabo para saldar una deuda que había contraído su padre. Todo ocurrió gracias a que su papá en medio de una apuesta de peleas de gallos, lo perdió todo, inclusive su casa. Él no quería pagar y dadas las circunstancias y al ver que iba a perder su casa, el padre ofreció la virginidad de Jessica como pago de la deuda. El tipo, un viejo de cuarenta y nueve años, aceptó, ya que llevaba cerca de un año y medio tratando de conquistarla, pero ella nunca lo tomó en cuenta.

Jessica como pudo mantuvo a su hijo, le dio estudios, casa y comida, todo marchaba bien, hasta que en una fecha oscura una de sus vecinas llegó corriendo a su casa, tocó la puerta y le gritó desde afuera: —¡JESSICA! Acaban de atropellar a Teodoro, está en el hospital del pueblo. Tomó sus cosas y se fue hasta allá, sin resultado alguno, ya que cuando preguntó por Teodoro a uno de los enfermeros, le dijeron que el chico de trece años había recibido un golpe muy fuerte en la cabeza y murió prácticamente en el acto.

A partir de allí Jessica se fue de su casa y del pueblo para ir a la ciudad, ahí fue en donde conoció a Matthew, el tipo que había ido hace un rato a reclamarle por el dinero que le debía.

Luego de haberle dicho eso a Dwayne y de limpiarse la herida de la boca, la mexicana se va hasta la cocina, abre uno de los gabinetes de la cocina, saca una botella de tequila, se echa un trago y le dice a Dwayne: —Hey, chamaco ¿Estas despierto? Disculpa por la respuesta que te di, pero es que ando en muchos problemas.

—¿En que trabajas?

Eres terco ¿Eh? ¿Para qué quieres saber o qué? ¿Me vas buscar otra chamba o me vas a dar lana para irme de aquí?

Dwayne se le queda viendo insistentemente.

—Híjole buey, está bien, tu ganas. Trabajo de prostituta. ¿Acaso sabes lo que es eso?

—No.

—Mejor que no lo sepas, estas muy pequeño para saberlo.

—¿Porque me has tratado tan bien y te preocupas por mi?

—No lo sé... ¿Y tú? ¿Por qué me salvaste hace un rato de ese viejo asqueroso?

—Porque me caes bien y...

—¿Y qué?

—Nada.

—A ver Dwayne, si me vas a decir algo me lo dices y ya, nunca he sido cuate de los rodeos.

—Porque me caes bien y porque me recuerdas a una de mis familias adoptivas.

—¿Ah sí? ¿Eran mexicanos o es que eran muy guapos como yo?

—Si, eran mexicanos.

—¿Y qué pasó con ellos o qué?

—Los asesinaron.

–¿Quiénes?

–No lo sé.

–¡Hijo de la chingada!... No me digas que esa fue la familia que murió por los extremistas raciales.

–Si.

–Lo siento mucho, güero.

Seguidamente agrega:

–Bueno chamaco, ya vamos a dormir, mañana va a ser un día muy largo.

XIII

Al otro día Dwayne se despierta, por primera vez desde hace mucho tiempo pudo dormir una noche completa. Al parecer Jessica a él lo ve como a un hijo y Dwayne a ella como a una madre, ambos comparten historias en donde la desgracia y el infortunio son protagonistas principales. Es una unión que parece algo fortuita, pero así son los hilos de la vida, los cuales son tejidos por la incoherencia y atados por la casualidad.

Dwayne va hasta el baño, toma una ducha, se seca y se vuelve a poner la misma curtida franela blanca, los mismos blue jeans desteñidos y los mismos tenis de hace más de dos años. Al terminar se dirige hasta la ventana del departamento, mira hacia abajo y se dedica a admirar a los peatones neoyorquinos.

Ve a mujeres con bolsas de ropa, hombres con sacos, sombreros y periódicos en la mano, carros haciendo la cola para llegar al próximo semáforo, todo eso le hizo recordar unas palabras que le había dicho un viejo amigo hace unas semanas:

"La calle es mucho peor que los hogares en los que has vivido. Allí verás más cosas malas que buenas. En lo posible trata de caminar siempre solo, y recuerda, nunca te dejes llevar por las apariencias de la gente, ya que muchas veces los hombres de traje y corbata son más malos que las personas que en verdad lo parecen".

En eso sale Jessica de su habitación, con una blusa roja, una chaqueta de cuero negra, unos vaqueros negros y unas botas del mismo color.

—Caray buey, ¿No tienes más ropa?

—Si no tengo donde dormir, ¿Tú crees que voy a tener más ropa?

—Ya veo que amaneciste de mal humor. ¿Qué te parece si vamos y te compramos algo nuevo?

—Está bien.

—Ojo, no lo estoy haciendo porque me importes, sólo lo hago porque el mismo atuendo nos podría delatar.

Jessica antes de salir saca la botella y se echa un trago.

Dwayne la ve fijamente y le dice: —Eres igual a mi padre.

—No me importa, vámonos.

Los dos empiezan a caminar buscando alguna tienda de ropa juvenil, ven una que se llama "*Bocco's Young*" y deciden entrar.

Jessica empieza a buscar y le saca una camisa verde, un pantalón de vestir beige y unos zapatos casuales marrones, los toma, se los da a Dwayne y le dice: —Pruébatelo.

Dwayne entra al vestidor, se quita la ropa y se pone las prendas que la mexicana le había dado.

—Wow, pareces todo un hombrecito, te va muy bien el verde y el marrón. Lo iré a pagar—.

—No, esta ropa no me gusta, me siento como un imbécil. ¿Cómo pretendes que me tomen en serio en la calle con esta ropa? Hasta los chicos se burlaran. Quédate ahí, te voy a sorprender.

Dwayne empieza a caminar por la tienda, toma un gorro negro, un jean negro, una franela blanca con un chaleco negro y unos tenis blancos.

Se mete al vestidor, se viste y llama a Jessica.

—¿Qué te parece? Ahora si me siento yo mismo, ahora si tengo estilo.

—Por lo que veo tienes el gusto por el piso... Pero bueno, si es lo que te gusta, agárralo.

—¿A dónde vas? Yo lo voy a pagar.

–¿Y de donde tienes dinero?

–Así como tú tienes tus secretos, yo tengo los míos.

–Entonces yo pago el almuerzo.

–Como quieras.

Dwayne paga, sale de la tienda con una bolsa en donde llevaba su vieja ropa y le dice a Jessica que necesita un favor.

Siguen caminando y llegan a la cafetería en donde Dwayne había comido días atrás. Se sientan, revisan el menú y llaman a la misma camarera que había atendido al chico.

–Queremos dos hamburguesas y dos gaseosas. Si te equivocas, te las pegaré por la cabeza–dice Jessica.

La mujer toma nota y se va.

Dwayne se ríe y la mexicana le dice: –Guarda silencio y disimula, chamaco.

La camarera llega con la comida, pone la bandeja, y les pregunta: –*¿Quieren algo más?*–. En eso Jessica hace como que va a agarrar su hamburguesa y tumba intencionalmente la gaseosa, haciendo que a la mujer se le manche el uniforme blanco que lleva puesto.

–Ay si, tráeme otra gaseosa, y discúlpame, se que fui muy torpe.

Comen, pagan y se van.

–Gracias por el favor, esa perra se lo merecía.

–De nada güerito, eso no es nada comparado con lo que tú hiciste por mí anoche.

Llegan a casa de Sheels, tocan la puerta y abre Curtis.

—My girl—le dice a Jessica y le da un beso.

—Stupid nigga—le dice a Dwayne y le hace pasar

Entran, saludan a todos los chicos y se sientan en el sofá. Al cabo de cinco minutos Dwayne le pregunta a Lamar por Sheels.

En eso suena el teléfono de Earl.

—Es él—dice Earl.

Contesta y empieza a hablar.

—Hey hommie, wassup? Te estamos esperando. Dwayne ha vuelto.

—Joder Earl, un maldito grupo de los de la *Children Lineage* me está persiguiendo, me van a matar.

—¿¡Cómo!? Ya vamos para allá.

Earl cuelga y dice: —Damn it, boys. Están persiguiendo a Sheels, tenemos que ir a ayudarlo.

—¿Y ese ataque tan repentino? —pregunta Lamar.

Jessica interviene:

—De eso le veníamos a hablar, ayer el chico mató a un ex miembro de la Children Lineage.

—¿¡QUE TU HICISTE QUE!?—. Curtis levanta a Dwayne por la camisa y lo tira contra el suelo.

Lamar y Earl se ponen las manos en la cabeza mientras que Jessica les dice: —Hey guys, lo hizo para defenderme, ese bastardo me intentó violar.

—Ahora es que esto se va a poner feo, hay que llamar a toda nuestra gente del país, hay que avisarles lo que se viene—dice Lamar.

–Va a correr demasiada sangre, hommie–agrega Curtis.

–Si, todos sabemos eso, pero ahora debemos ir a ayudar a Sheels para que la sangre que se derrame no sea la de nuestra familia–dice Earl.

De pronto todos se callan al sentir el frenazo abrupto de un carro, Earl medio echa un ojo por la ventana y grita desesperadamente: –¡TODOS AL SUELO!–. Y unos segundos después, abren fuego en contra de la casa.

XIV

Dwayne, Jessica y los demás chicos se levantan del suelo, ya los disparos han cesado y todo ha vuelto a la normalidad.

Earl y Curtis buscan rápidamente un martillo en la cocina y rompen la pared que está justo detrás del mueble, de allí sacan dos grandes bolsos negros, uno está lleno de armas, granadas y cuchillos, mientras que el otro está repleto de fajos de dinero.

Esas son las reservas de la pandilla, por así decirlo, son los bolsos que sólo serían usados en caso de emergencia o hasta que el trato entre las seis pandillas de la ciudad se mantuviese en pie.

Ese trato fue pactado en el 2008, ya lleva alrededor de dos años en estado activo, se basa en la paralización total de la guerra entre pandillas en toda la ciudad de Nueva York, incluyendo todos los distritos, llámese Brooklyn, Queens, Bronx, Staten Island o Manhattan.

En algún que otro momento algunas de las pandillas se hacía la vista gorda y lanzaba ataques mínimos a las otras *gangs*, pero ninguno con efectos tales como para romper aquel tratado urbano, incentivado y pagado por el gobernador y el alcalde del estado y la ciudad, respectivamente. Acto que se llevó a cabo debido a que las elecciones estaban muy próximas y los candidatos querían reafirmar la confianza de los votantes en ellos. Algo más que común en todo el mundo, es más que normal que los políticos jueguen con las necesidades de los habitantes, postergándolas intencionalmente para satisfacerlas fechas antes de las votaciones y así prolongar su estado de poder.

Las pautas para que la paz se mantuviese en curso eran:

- Ninguna *gang* se podrá meter a traficar o a robar en las zonas que ya estaban dominadas por otra pandilla.

- Las familias son intocables.

- Se dictamina que los ex miembros de las bandas, los cuales se diferencian de los activos gracias al casquillo extra tatuado en el cuello, quedan totalmente fuera del juego.

Queda más que claro que ya los *Banished* habían roto la tercera, así que la guerra estaba en camino, sin contar que al tipo que mató Dwayne era nada más y nada menos que uno de los fundadores de la *Children Lineage* y el tío del líder actual, es decir, de Bill Cavenaugh.

Ya de vuelta a la escena, Dwayne y los demás chicos salen de la casa, todos con pistolas en la mano y con un ritmo más o menos veloz.

Todos se montan, Earl enciende el carro y de repente suena el teléfono de Lamar.

—Es él—dice luego de ver la llamada entrante.

Lamar se queda callado veinte segundos escuchando lo que Sheels le dice.

Al colgar la llamada, Lamar les dice a todos: —Bájense del carro, Sheels viene en camino para acá y quiere que recibamos a los blancos con los juguetes pertinentes.

Earl espera que todos se bajen y cruza el carro en medio de la calle, dejando sólo un cuarto de espacio del canal izquierdo.

Curtis abre la puerta trasera del auto, saca la banda rompe cauchos y la despliega en el espacio que quedo entre el carro y la acera,

Lamar agarra el bolso, le da un arma larga a todos los chicos menos a Dwayne, al cual le da dos pistolas cortas y le dice: —Una es para ti y la otra es para Jessica, anda para adentro junto con ella, necesitamos que estén en las ventanas y nos avisen cuántos son.

Por la acera vienen caminando algunas personas, pero al ver la puesta en escena salen corriendo.

Sheels llega manejando a toda velocidad dobla en la esquina y cruza el carro justo delante del de Earl, se baja y grita: –¡NECESITO UN ARMA! ¡TRAIGANME UNA!–. Dwayne lo escucha y se asoma por la ventana, ya que aunque Lamar le había dicho que estuviese viendo permanente por ellas, no lo hace debido a que los nervios y el miedo son más fuertes que el valor y la gallardía que se necesita para ese momento.

Sheels en ese momento ve hacia la ventana y le hace gestos de que se vaya hacia allá a llevarle lo que está pidiendo.

Dwayne se queda pensando por unos segundos, pero recuerda que había sido Sheels el que lo salvó aquella vez. Así que toma un arma larga del bolso y una granada.

Abre la puerta y sale corriendo hacia allá, como puede, ya que el arma es pesada, hasta que Sheels lo ve y le grita: –¿¡QUE ACABAS DE HACER!? ¡TIRALA, TIRA ESA GRANADA!

Resulta que Dwayne debido a la inexperiencia y a la adrenalina, le quitó el seguro sin querer.

La tira justo al frente del carro de Sheels, este lo ve y se va para donde están el resto de los chicos. A los pocos segundos explota y el carro se empieza a incendiar.

Dwayne se queda estupefacto, al notar eso Earl corre hacia el, lo agarra de la mano y se lo lleva hasta atrás del auto. Justo segundos después de eso, llegan los de la *Children Lineage*.

Llega un carro junto con dos motocicletas, se posicionan y empiezan a disparar. Los chicos se dan cuenta y es cuando empieza el enfrentamiento.

Dwayne está sentado, arrecostado del auto de Earl, tiene miedo y culpa por haber cometido ese error que le pudo costar la vida, de pronto se pone a llorar, mientras escucha como los disparos rompen vidrios y penetran el acero del carro.

Lamar se levanta y le da dos tiros a uno, Earl hace lo mismo, pero de pronto la pistola se le atasca y le impactan un tiro en el hombro.

Curtis agarra una granada y la lanza, explota el carro junto con las dos motocicletas. Al parecer todo había terminado. Todos se levantan, ayudan a Earl a caminar y entran a la casa, pero cuando abren la puerta, ven a Jessica tomada por uno de los pandilleros blancos.

Lamar sienta a Earl en el mueble mientras los demás están apuntando al tipo.

—¡BAJEN LAS ARMAS O MATO A ESTA PERRA! —grita el tipo apuntando a Jessica en la cabeza.

—Hey boy, ¿No ves que llevas las de perder?—dice Curtis.

—¡NO ESTOY JUGANDO, NEGRATA MARICA!—. Dispara contra el piso.

—Hey, está bien, bajemos las armas—dice Lamar.

—¡ASI ME GUSTA, OBEDEZCAN, MOTHERFUCKERS! Ahora voy a llamar a mi gente para que me venga a buscar.

El tipo saca el teléfono y se lo pone en la oreja, de pronto suena un disparo, el tipo blanco cae, cuando Jessica sale de sus garras se libera la vista hacia la cocina y se ve a Dwayne con la pistola en la mano y posteriormente dejándola caer al piso por el pánico.

En seguida Sheels recoge el arma y le da cinco tiros más al blanco.

—Bien hecho, Lil D—le dice Sheels.

Jessica al ver a Dwayne escapa de los brazos de Curtis y se va hasta donde el chico a abrazarlo.

Todo es interrumpido por un grito de Earl, ya la herida le está botando mucha sangre, agarra un suspiro y exclama: —¡Hommie, estoy muriendo, escuchen lo que les voy a decir!

Todos se acercan.

—Primero quiero darles las gracias por todo, por siempre serán mi familia. Tomen venganza, no dejen que esto quede en vano.

Toma otro suspiro y señala a Dwayne.

—Tú... Tú ya eres parte de nosotros, ya es hora de ser un hombre, boy, la familia te necesita.

Todos guardan silencio, las lágrimas empiezan a hacer acto de presencia, mientras que todos ven como a Earl, se le escapa la vida al mismo ritmo con el que se disipa el viento.

XVI

Al otro día Dwayne se despierta, en la casa se respira un ambiente pesado, parece que aún el cuerpo de Earl está posado sobre ese sillón marrón de la casa de Sheels, ya que aunque una persona muera, los recuerdos de ese último aliento siempre quedaran grabados en las mentes de las personas presentes.

Sheels también se acaba de despertar, sale de su habitación, se dirige hasta la cocina a tomar agua y ve a Dwayne sentado en el sofá.

—Hey, lil nigga ¿Cómo estás? Casi no pude dormir en toda la noche… Aun no entiendo ese ataque tan esporádico, todo estaba bien y el trato aun seguía en pie…

—Hey men, justo por eso fue que volví ayer, para hablarte sobre eso.

—¿Qué paso?

—Luego de irme de aquí, me fui hasta el callejón de la treinta y tres a pasar la noche, de pronto unos gritos de una mujer me despertaron. Al levantarme veo que era el viejo del callejón que estaba tratando de violar a Jessica, al ver eso, me toque el bolsillo de la chaqueta y note que tenía un cuchillo, lo agarre y se lo clave al tipo en la espalda.

—Ese cuchillo te lo metí ayer antes de que te fueras, para que te protegieras en caso de que alguien te buscase problemas… Entonces ¿Qué paso?

—Cuando ya el tipo estaba tirado en el piso, Jessica lo reviso y vio que era un ex miembro de la guerra pandillera… Y que pertenecía a la *Children Lineage.*

—¿Qué carajos? ¿Me estás diciendo que Earl murió solo porque tuviste que defender a esa perra?

—Sí.

—Maldita sea... Sabía que esa prostituta solo le traería problemas a la *gang*.

Luego de unos minutos viendo al vacio, le dice a Dwayne:

—Earl era mi mejor amigo, siempre fuimos él y yo para todo, era un tipo con un gran corazón... Que injusta es la vida.

—Hubiese querido conocerlo más. Se veía que era una buena persona.

—Yes man, lo conocía desde los doce años, fuimos a la escuela juntos. Nuestras madres murieron juntas, eso hizo que fuésemos mas unidos aún—le explica a Dwayne con lágrimas en los ojos.

—¿Cómo sus madres murieron juntas? ¿Acaso también formaban parte de la *gang*?

—No, ellas murieron por un ataque que nos hicieron los de la *Children Lineage* hace un tiempo. Todo por nuestra culpa, pensaron que estábamos ahí y como no nos encontraron, las mataron.

—Wow bro', lo siento mucho—le dice Dwayne— Luego de arrimarse hacía él y colocarle la mano en el hombro.

Luego agrega:

—Mi mamá también murió asesinada, mi vida tampoco ha sido fácil, he tenido que vivir cosas que ningún niño de mi edad debería vivir. A veces me siento mal, he llegado a pensar que soy un error del mundo—luego agrega—: Así como también murió una de mis familias adoptivas, todos asesinados por unos racistas de mierda.

—¿Cómo murieron? Lil D.

—Una noche unos tipos entraron a la casa y los asesinaron a todos, solo porque eran latinos... A mí me perdonaron la vida solo porque soy americano...

—Joder... No me digas que esa fue la familia que asesinaron en Nueva Jersey hace un par de años.

—Yes men, esa misma.

—Maldito Bill... Lo pondré a pagar todo lo que ha hecho.

—¿Quién es Bill?

—Ese bastardo es el líder de la *Children Lineage*... Fue el que ordeno tu secuestro... Y también formo parte de ese grupo neonazi que asesino a tu familia.

—¿¡Que carajos!?

—Yes men, ahora debemos encargarnos de él, no podemos dejar que todas esas muertes queden como si nada.

—Sí.

—Lo siento mucho por lo de tu familia—dice Sheels—. Mientras le da una palmada en la espalda.

Luego agrega:

—You know bro'? Nosotros vinimos a este mundo a luchar y a nadar en contra de la corriente. Nosotros mismos tenemos que abrirnos brecha en esta jungla de cemento. Nadie nunca nos dará nada ni nos ayudará.

Sheels Westbrook es un afroamericano más que ha destinado su vida a la muerte y a las pistolas, ya que el sistema y la sociedad nunca le dieron una buena oportunidad.

Nació en el Bronx, pero su familia se tuvo que ir a Queens debido a que el papá en medio de una fuerte crisis económica, se vio en la obligación de tomar la ruta de la ilegalidad y convertirse en vendedor de drogas. Luego de pasar un par de meses en el negocio, al padre de Sheels se le nubló la consciencia y le dijo al jefe de la pandilla que él no pagaría una mercancía que se había perdido. Así que se tuvo que mudar, sin efectos positivos, ya que al cabo de un mes lo asesinaron saliendo de su casa.

Sheels fue criado junto con su hermana por su madre, viviendo sólo con lo justo, yendo al colegio con los uniformes sucios, durmiendo muchas veces sin nada en el estómago y con el recuerdo recurrente de su padre tirado en la entrada del edificio en donde vivían.

Sheels al comienzo de sus quince años se empezó a meter a las calles, a juntarse con las pandillas y a fumar marihuana en los callejones. Mató, robó y secuestró antes de pisar por primera vez la cárcel del condado. Consolidando así una grandísimo expediente, visto comúnmente en personas de treinta años en adelante, pero esta vez presentado por un joven de dieciocho años de edad.

Dwayne y Sheels, siguieron hablando por un rato, compartiendo lo complicado de sus vidas y llegando a una madre en común: La calle.

Al cabo de unas tres horas, unos quince carros junto con otras veinte motocicletas se estacionan en la acera frente a la casa de Sheels, todos esos eran los miembros a nivel nacional de la pandilla de los *Banished*.

Se bajan todos y empiezan a pasar uno por uno, saludan a Sheels y a Dwayne y se colocan a un lado esperando a que Curtis y Lamar traigan la urna en donde reposa el cuerpo de Earl y así darle inicio al velorio.

La casa está repleta, todos están bebiendo alcohol mientras que la música de Notorius, Tupac y Lil Wayne son la banda sonora. Las pistolas, la marihuana y la cocaína también hacen acto de presencia.

De un minuto a otro la música se detiene y tocan la puerta, todos sacan sus armas y apuntan hacia ella. Curtis se acerca y pregunta:

—¿¡Quien es!?—grita Sheels.

—Soy yo buey, abre que me estoy congelando.

—Tranquilos, es mi chica, bajen las armas.

Jessica entra y en sus manos trae una chaqueta negra. Cuando Lamar la ve, le dice: –Dámela.

–En nombre de Earl, en el nombre de Curtis, de Sheels y de toda la familia *Banished*, te entregamos esta chaqueta , la cual no es para que te adornes ni para que salgas a modelar, esta chaqueta significa que ya eres parte de nosotros y nosotros de ti–dice Lamar–y agrega–: Lil D, esto es para ti.

Dwayne se acerca, la toma, sonrie y le da un abrazo a Sheels.

–¿Qué te parece tu nueva chaqueta?

Al instante todos chocan sus cervezas y entonaron al unísono: "Por Lil D". Luego uno por uno le iba dando la bienvenida al pequeño chico de trece años.

XVII

A la semana siguiente, ya con los ánimos más calmados y con la mente fría para planear el siguiente movimiento, toda la pandilla se reúne para dictar y establecer las nuevas medidas de seguridad, los nuevos códigos y el itinerario de tareas que se debían cumplir de cara a la guerra.

Las órdenes son las mismas para todos los miembros de los *Banished* a lo largo del territorio nacional. La pandilla tiene sedes en Los Angeles, Illinois, Colorado, Las Vegas, San Antonio, Arizona, Chicago y Baltimore. La *gang* trabaja con el tráfico y venta de armas, producción y distribución de droga y robos a empresarios de raza blanca.

Ya terminada la reunión, Dwayne y Sheels se quedan solos en casa, ambos están viendo como los Yankees de Nueva York le están pateando el trasero a los Marlins de Florida, pero todo se interrumpe por una llamada entrante al móvil de Sheels.

—Aló, ¿Quién es?—pregunta Sheels.

Seguidamente activa el altavoz, lo coloca sobre la mesa y le pone mute al televisor.

—Hey colega, soy yo, el oso pardo.

—Hey men, *wassup*?

—¿Cómo es posible que tengas la valentía de preguntarme que pasó? Rompiste el trato imbécil, ahora tengo al presidente preguntándome sobre que he hecho para acabar con ustedes.

—Hey hommie, take it easy and listen me. Los que comenzaron esto fueron los blancos. Un ex miembro de ellos quiso violar a una de nuestras chicas, por eso Lil D lo tuvo que matar.

—¿Quién carajos es Lil D? ¿Acaso es tu nueva perrita?

—Es mi nuevo chico. ¿Qué es lo que me tienes que decir? No tengo mucho tiempo para ti. Apúrate que ya viene a batear Alex Rodríguez.

—Ahora que dices eso. Te tengo un par de opciones.

—Dispara, pareces una niñita del kínder garden.

—Bueno, la primera es que pares la guerra o si no, entrégame al chico nuevo para llevarlo a la cárcel y distraer al presidente por un rato.

—What? ¿Me estas jodiendo? No tomare ninguna, no omitiré la venganza de la muerte de Earl ni te entregaré a mi chico ¿Me entiendes? Ahora ¿Como le respondes a eso?

—¿No lo harás? Entonces prepárate para ir de nuevo a la cárcel, maldito insolente. Aún me tomo la molestia para darte una opción a elegir ¿Y me sales con esto? Yo no soy Steven, yo si te enfrentaré.

—Ok, aquí te espero hijo de perra, prepárate para llamar a los familiares de unos cuantos policías, desgraciado burócrata de la mierda.

Sheels cuelga el teléfono y Dwayne le pregunta:

—¿Quién era ese cabron que quería mi cabeza?

—El gobernador del estado bro', ahora estamos en guerra con los blancos y con el estado... ¡FUUCK!

Todo esto está pasando ya que la jugada entre el alcalde y el gobernador para atar las elecciones pasadas se había estropeado. Una jugada que no fue aprobada por la mayoría de los *Banished* en su momento, pero era lo que el jefe y los demás líderes querían, entonces fue que se dio inicio a aquella guerra fría pero tan caliente, que mensualmente dejaba más de veinte muertos por algún que otro enfrentamiento. El líder en aquel entonces era Kanye, el cual había muerto hace un año y medio aparentemente envenenado.

Kanye fue el maestro de Sheels, por eso es que aún el trato se mantenía en pie, todo por respeto a su memoria y a su historia dentro de la organización.

Al cabo de unos treinta minutos, Sheels se levanta del sofá, se dirige hasta su habitación, saca cinco pistolas y las pone en la mesa.

—Agarra una—le dice a Dwayne señalando hacia la mesa.

Dwayne agarra de primero una Colt.45, extiende su brazo y apunta hacia un cuadro de frutas que está guindado en la pared de enfrente.

—Siéntela, haz que sea tuya, tienes que verla como si ella fuese tu perra y tu su dueño—le dice Sheels—. Mientras se sienta a su lado para luego agregar: —Que tú la controles a ella, no ella a ti.

Dwayne baja el arma y la pone en la mesa.

—Ninguna de estas me gustan. Yo quiero una que tenga relieves de oro o cobre.

Sheels se le queda viendo fijamente a los ojos y le pregunta: —¿Estás seguro que quieres la pistola de Earl?

Dwayne asiente con la cabeza y Sheels se va hasta la cocina, abre uno de los gabinetes, la saca y se la entrega.

—Espero que hagas un buen uso de ella. Esta pistola significaba mucho para Earl.

XVIII

A la mañana siguiente, bien temprano en la mañana, Sheels despierta a Dwayne. Este se levanta, se da una ducha, se coloca su pantalón negro, la franela blanca, los tennis y el gorro, pero al ir saliendo de la casa, Sheels se le queda viendo de arriba para abajo, detallando la vestimenta.

—¿No sientes que se te están quedando un par de cosas?

Dwayne se queda pensando un par de segundos.

—Mierda, la chaqueta y la pistola.

Al buscar las cosas, Sheels le dice:

—Acostúmbrate a llevarlas siempre contigo, más aún ahora que estamos en guerra. Nunca sabes cuando pueda aparecer algún enemigo en el camino.

Dwayne se le queda viendo y se la mete en el bolsillo, la base con relieves de cobre se le puede ver a simple vista, cuando Sheels lo ve exclama: —¡Come on Lil D! eso no va ahí, eso va en la parte de atrás, entre el pantalón y la cintura ¿Acaso nunca fuiste al cine?

Dwayne se ríe, sigue las órdenes y luego, ya adentro del carro le responde: —Y no men, nunca he ido al cine.

Sheels con asombro y pena le dice: —Wow men, no puedo creerlo, pero de todas maneras, lo siento.

Después de manejar unos quince minutos, llegan a un acueducto abandonado de la ciudad, apagan el carro y salen de él.

—¿A quién estamos esperando? —pregunta Dwayne.

—A él—responde—. Mientras señala a una patrulla con el dedo.

La patrulla se estaciona. Al ver la escena, Dwayne recuerda instintivamente la conversación del día anterior con el gobernador, específicamente la parte en la que le dijo a Sheels que le entregara al chico nuevo.

Dwayne en medio de los nervios y de la impresión, espera a que el oficial se baje y desenfunda la pistola.

—¡Quietos! —grita Dwayne.

El oficial se ríe y expresa: —Joder Sheels, ¿Estas entrenando a tu chico para ser un policía anticorrupción?

—Hey Lil D, el es de los nuestros.

—Cállate Sheels, me traicionaste, pensé que eras mi hermano, te voy a matar a ti y a este buitre maquillado de cordero.

—¿Qué carajos hablas bro'? Yo no te he traicionado.

—Vaya, el chico se toma el papel en serio—dice el oficial y luego suelta una carcajada.

Dwayne se le queda viendo al oficial directamente a los ojos, le apunta a la cabeza y jala el gatillo... ¡Pero la pistola no tiene balas!

Sheels se acerca rápidamente, le quita la pistola de un empujón y le dice: —Menos mal que le quité las balas antes de salir.

Dwayne le mete un golpe en la cara.

—Traidor, me entregaste a la policía—. Y se le sale una lágrima del ojo izquierdo.

—¿Te volviste loco nigga? El es uno de nuestros ayudantes, no seas imbécil, nunca entregaría a uno de mis hermanos, el vino a ayudarnos.

—Vamos Sheels, no tengo mucho tiempo, tengo unos casos que resolver.

Sheels se va hasta el carro a buscar el dinero que había metido al carro, pero de pronto oye un golpe.

–¿Me ibas a matar? Pequeño hijo de perra–grita el oficial–. Mientras tiene agarrado a Dwayne por la chaqueta.

Sheels ve por el retrovisor y sale rápidamente, aparta al tipo de Dwayne, le entrega el dinero y le dice: –Que sea la primera y última vez que te vea tratando así a uno de los míos.

El policía cuenta el dinero, se monta en la patrulla y se va.

Sheels enciende el carro y al ver que Dwayne aun está afuera, asoma la cabeza por la ventana y le pregunta: –¿Vienes o no?

–Con una condición.

–¿Cuál?

–Necesito que me digas donde vive y como se llama ese cabron.

–¿Lo vas a matar? –responde Sheels con una sonrisa–luego agrega–: Está bien Lil D, te lo diré, pero móntate rápido, aún hay cosas que hacer.

Dwayne se mete la mano en los bolsillos del pantalón, camina hasta el carro y se monta.

–So... ¿Quién es ese degenerado?–pregunta Dwayne.

–El es el Sheriff de la ciudad, bro', tenemos suerte de tenerlo de nuestro lado. El es el que da las malas declaraciones, encubre pruebas y disfraza todo para que nada aparezca como si fuésemos nosotros.

–Oh shit... Entonces primero tendré que aprender a disparar antes de ir por él.

Sheels se ríe, saca un cigarrillo y lo enciende.

—Dame uno—dice Dwayne.

—No, estas muy pequeño para eso.

—Joder Sheels, ¿Soy pequeño para fumar pero adulto para disparar? Dont fuck me, dame uno.

—Está bien, tu insististe.

Dwayne agarra el cigarro con la mano derecha, se lo lleva a los labios, le da llama al encendedor, toma un jalón y empieza a toser fuertemente.

Sheels se ríe y le dice: —¿Ves? Aún eres muy pequeño.

—No me importa—le replica Dwayne.

De pronto suena el teléfono de Sheels, es Lamar, el cual está junto con Curtis en una reunión con la pandilla de los *Traps*. Esta pandilla reside en el Bronx y controla toda esa zona, se hacen llamar así, ya que la mayoría de sus integrantes cantan rap, hacen conciertos y todo aquello que conlleva ser rapero. Todo el mundo sabe lo que hacen cuando no están sobre el escenario, pero ni las revistas ni la prensa dicen una palabra sobre ello, sólo se preocupan por enriquecerse con sus entrevistas y su imagen.

La reunión se había pactado para unir fuerzas de cara a la guerra, ya que era más que claro que si iban todos contra todos, iba a ser algo inútil y poco productivo para los negocios.

La relación entre las dos bandas siempre ha sido buena, principalmente porque su fundador es Yizz, el cual fue el mejor amigo de Kanye, fundador de los *Banished*.

Los chicos están llamando a Sheels, ya que Yizz está requiriendo la presencia de él, debido a que está al tanto de que Sheels es el jefe y el pupilo de Kanye en su momento.

XIX

Sheels y Dwayne llegan al sitio de la reunión, es en el viejo bar en donde Kanye y Yizz se solían reunir para compartir cervezas y charlar luego de algún día pesado.

Entran, los revisan, les quitan los teléfonos y los dejan pasar. En la primera mesa a la izquierda están sentados Curtis y Lamar, junto con un par de miembro de los *Trap*, están hablando y compartiendo alguna que otra anécdota pandillera, mientras que al otro lado del bar, específicamente en la mesa de en medio, se encuentra un viejo hombre de cincuenta años, piel negra, traje negro y un sombrero blanco.

Sheels le dice a Dwayne: –Hey Lil D, anda y siéntate con los demás, a Yizz no le gusta que irrespeten la jerarquía frente a él.

Sheels llega hasta la mesa de Yizz, este se levanta para saludarlo, se dan la mano, un abrazo y se sientan.

–¿Cómo esta todo son?–pregunta Yizz.

–Bien señor ¿Y usted?–responde Sheels.

–Ahí vamos, ya sabes que los años no pasan en vano. Los chicos me dicen que ya estoy viejo para esto, pero siempre les demuestro que se equivocan metiéndole mis arrugadas bolas a alguna que otra chica ¿Si me entiendes?–. Termina diciendo entre risas.

–Entiendo, entonces, a lo que veníamos. Oye Vin, tráenos un par de cervezas bien frías.

Vin es el dueño del bar, es un gran amigo tanto de Yizz como lo era del difunto Kanye y formó parte de la *gang* que en su momento habían formado ellos dos, la cual se llamó *TUN*, sus siglas significan: *The Under Niggas*.

—So Sheels... Supongo que sabes lo que implica una guerra entre pandillas, debes estar consciente de que morirán muchas personas, incluyendo a inocentes y a más de uno de tus chicos. ¿Lo tienes claro, no? Porque si no es así entonces nos estaríamos enfrentando a un problema más grave, ya que sin una mente bien domada, el cuerpo sólo pasa a ser una masa móvil destinada a su pronta extinción.

—Yes Yizz, estoy consciente de eso. Debo confesarte que luego de la muerte de Earl, he pensado mucho las cosas, esto para mí no es fácil, mañana mi madre cumple dos años y medios de muerta y no podré ir a visitarla porque me estaría arriesgando mucho. La muerte es así, al llegar a alguien cercano la intentamos justificar y comprender como si así nos fuésemos a salvar de ella.

—Me gusta que lo tengas claro. Entonces, desde mi punto de vista nos estamos uniendo para unir fuerzas, pero ¿En contra de quien? Déjame decirte que yo mantengo una relación estable con todas las demás pandillas, y también déjame decirte que no dirigiré a mis chicos como un rebaño al matadero.

—El primer problema aquí son los *Children Lineage* y los *Snow*, como sabrás, ellos son buenos amigos y eso significa un dos contra uno, dos contra mí, por eso te estoy buscando, porque sé que nunca dejarías sola a una antigua familia amiga.

—Eso me parece un acto suicida y más aún ahora, que no tengo ni suficientes armas ni suficientes soldados.

—Eso lo podemos arreglar men, las armas es lo de menos, y en cuanto a los chicos ¿Acaso no eras la única *gang* en todo el Bronx?

—Ahora hay una *gang* nueva, los más jóvenes se están uniendo a ellos, ya les parecemos aburridos, dicen que no somos verdaderos pandilleros, que sólo somos unos negros más que fuimos comprados por el sistema para seguirle mintiendo al mundo con lo de la igualdad racial.

—Si nos unimos podemos desaparecerla.

—No Sheels, creo que a esta partida no le voy a entrar.

—¿CÓMO? ¿Estás dejando a tus hermanos solos cuando te necesitan?

En eso llega Vin con las cervezas, las destapa y se las coloca en la mesa.

—Hey Vin, este chico es la misma mierda que Kanye.

Vin se ríe y dice: —Tercos y ciegos hasta la muerte.

—You know boy? Por eso fue que la *TUN* desapareció, porque Kanye era muy impulsivo y porque yo al contrario era muy calculador, por eso es que el está muerto y yo no.

—¿CÓMO TE ATREVES A HABLAR ASÍ DE KANYE? Eres un maldito desagradecido.

Sheels le da un golpe a la mesa, se levanta y le dice a los chicos: —Lets go guys, al parecer si es verdad lo que se dicen por Queens, este tipo ya está muy viejo como para disparar una pistola.

Los chicos se levantan, llegan a la salida pero de pronto afuera se escucha el paro en seco de un carro. Los chicos detienen el paso, Yizz se para de la mesa. Sheels de pronto siente un impulso y saca su arma, mientras que los demás que están en el bar hacen lo mismo al ritmo del unísono. Los *Banished* se colocan del lado derecho del bar y los *Trap* del lado izquierdo, apuntándose el uno al otro.

—Me traicionaste, pequeño hijo de perra—le grita Yizz—. Mientras le apunta.

—No vengas a voltear las cosas, tú eres el que me quiere matar...

Las palabras de Sheels se ven interrumpidas por una ráfaga de disparos, de pronto suena una voz de uno de los chicos de Yizz: —¡NOS ATACAN LOS BLANCOS!

Al escuchar eso, todos los hombres voltearon las mesas, se colocaron detrás de ellas y dispararon en contra de las ventanas oscuras que están a los lados de la puerta principal.

Dwayne y los demás chicos empezaron a disparar, cuatro de los disparos les dieron a dos miembros de la *Children Lineage*, mientras que Yizz sus chicos neutralizaron a dos más. De un momento a otro los disparos paran. Yizz le da la orden a uno de sus chicos para que salga a revisar, mientras que Sheels le dice a Lamar que haga lo mismo.

Los dos salen con sus pistolas en las manos, de pronto suena un disparo tras otro y los demás salen.

Uno de los de la *Children Lineage* hirió al chico de Yizz y Lamar lo mató de un disparo en la cabeza.

Yizz se acerca al chico a ver como se encuentra, pero el disparo le dio en el pecho y muere en sus brazos, sin siquiera poder decir sus últimas palabras.

Sheels y los chicos se dirigen hasta los carros, pero se ven detenidos por Yizz, quien ha corrido hasta ellos.

—Sheels, discúlpame por lo de hace un rato. Estoy contigo, vamos a acabar con esos malditos.

Sheels se le queda viendo a los ojos.

—So... ¿Los *Trap* y los *Banished* juntos como en los viejos tiempos?—pregunta Yizz—. Mientras le tiende la mano.

—Como en los viejos tiempos—le responde Sheels—. Dándole la mano y un abrazo.

XX

Los chicos van manejando a toda velocidad, pero de repente Sheels recuerda que tienen que ir a recibir unas armas en el puerto marítimo de la ciudad. Este llama a Lamar para que lo siga y toman el camino hacia allá.

Estos llegan al puerto, se bajan del carro y caminan por el muelle en busca de un Barco llamado: "*Alá is invencible*". Siguen caminando y ven a un par de tipos altos, con pistolas largas y lentes oscuros al final del muelle, estos se dirigen hasta allá.

Al verlos uno de los tipos exclama: –¡BOSS!– Y dirige su mirada hacia la puerta del camarote.

De adentro sale un hombre alto, tiene rasgos árabes, se le calcula alrededor de unos cuarenta años, tiene ojos verdes, pelo negro con algunas canas y una nariz muy pronunciada. El hombre los ve y les dice a los guardias en árabe:

–Cuenten el dinero mientras yo hablo con ellos.

Seguidamente les hace una seña con la mano para que pasen mientras que uno de los guardias extiende la mano para agarrar el bolso negro que lleva Sheels.

En la entrada del muelle está Dwayne, sentado en el asiento trasero del carro de Sheels, se encuentra fastidiado ya que él quería ir, pero los demás se lo negaron debido a que al traficante no le gusta que mezclen a personas nuevas con sus viejos negocios.

Se levanta y se acuesta, hace lo mismo por diez minutos gracias a la curiosidad de saber lo que pasaba allá, pero al ver que no iba a lograr nada con eso, empieza a hurgar en todo el carro a ver si encuentra algo con lo que se pueda distraer, mete la mano por debajo del asiento del conductor y encuentra un periódico viejo, de hace más o menos dos semanas. Lo abre y ve el titular: "*Capturada pareja que adoptaba a niños y posteriormente los*

65

mataba". Esas palabras le hacen recordar automáticamente a su tercera familia en adopción.

Recuerda aquel momento en el que llegó a esa casa, el hombre se llamaba Peter y la mujer Cassie, el era uno de los cuatro niños que la pareja había adoptado, los cuáles eran todos de distintas nacionalidades. Uno de los dos varones era ruso y el otro era británico, mientras que una de las chicas era de origen colombiano y la otra proveniente de Malasia.

Cassie y Peter lograron tener tantos niños adoptados ya que no podían tener hijos, sin mencionar que tenían excelentes trabajos, una casa suficientemente grande, contactos que facilitaban el papeleo y todos esos requisitos sociales para parecer más bueno que el resto.

Para cuando Dwayne escapó, ya habían desaparecido de la casa el chico británico y la chica asiática. La excusa que la pareja les daba era que los padres biológicos habían reaparecido y se vieron en la dura y lastimosa decisión de devolverlos. Un cuento que no se tragó Dwayne, ya que una vez los escuchó hablando sobre lo que le dirían a los niños y como harían para que ellos no le preguntaran al trabajador social por los desaparecidos.

Dwayne vuelve a la realidad gracias a un sonido de una patrulla, este mira hacia atrás y ve que se está estacionando. Se alarma, saca la pistola, la prepara y la coloca entre sus piernas.

Lo observa desde el retrovisor, el oficial se baja, pero cuando cierra la puerta, suena la radio que llevaba puesto en el hombro derecho, lo contesta, habla por unos segundos, se monta de nuevo en la patrulla y arranca a toda velocidad.

Dwayne suspira, pensó que tendría que matar a aquel policía. Echa la vista para enfrente y ve a los chicos viniendo con tres cajas de madera, cada uno trae una sosteniéndolas con sus dos manos.

Lamar y Curtis meten sus dos cajas en el otro carro mientras que Sheels mete la caja restante en el baúl de su automóvil. Luego se monta, lo enciende y arrancan.

En el camino Sheels le pregunta a Dwayne:

—¿Cómo estuvo la espera?

—Bien... ¿Cómo estuvo eso allá adentro?

—Todo bajo control, men. Ese tipo es de los nuestros.

—¿Quién es él?

—El es Perisov, un traficante de armas árabe.

—Wow ¿Acaso conoce a Bin Laden?

Sheels se ríe y le contesta:

—No lo sé, puede ser que sí.

—¿Y cómo consigue las armas?

—El gobierno Lil D. Esos burócratas son más criminales y asesinos que nosotros mismos. Ellos las fabrican, las distribuyen a todos los grandes traficantes del mundo y ellos nos las venden a las pandillas, narcotraficantes, terroristas y a todas esas plagas a las que a diario critican en las ruedas presidenciales.

—No entiendo... ¿Me estas queriendo decir que el mundo vive bajo una mentira?

—Así mismo nigga, ellos con sus palabras blasfeman la guerra, pero con sus acciones la promueven.

XXI

Al día siguiente, alrededor de las diez de la mañana, Yizz llama a Sheels para contarle que se había reunido con Brad, el líder de la pandilla de los *Money Guys* ubicada en bajo Manhattan. Le cuenta que todo había marchado de maravilla y que había aceptado a unirse a ellos.

Sheels se contenta, le da las gracias y le pide que le de la ubicación de la otra banda que está fastidiando a la suya en el Bronx, para ir a acabar con ella. Yizz se la da y cortan comunicación.

—Hey hommies, ya somos más. Me acaba de llamar Yizz y me dijo que los *Money Guys* se nos unen para la guerra.

—Esos tipos no son de fiar, bro', ellos sólo se preocupan por el dinero–dice Curtis.

—Nosotros igual bro', pero eso no significa que no seamos gente leal–le responde Lamar.

—Yo no lo hago sólo por dinero, si es que a eso te refieres–replica Curtis.

—¿Ah no? ¿Por qué más, entonces?

—Yo también lo hago por defender nuestra raza y dejarla en alto matando a esos blancos cabrones.

—Mismo discurso diferente titulo, bro'. Los negros debemos entender que ni en este país ni en cualquier otro seremos iguales a los demás, siempre habrá algún blanco que se creerá superior. Ese tema de la no discriminación es sólo mierda populista que usan los burócratas para ganar simpatizantes–dice Sheels– y luego agrega–:Y ya, dejemos el tema de lado ya que no rechazaré la ayuda de alguna pandilla, yo solo quiero patearle el trasero a los blancos maricones y vengar la muerte de mi hermano Earl... Más bien vamos a contar el dinero, debo darle a Lil D a unas lecciones sobre como disparar.

En la mesa hay unos cuantos fajos de billetes, todos productos de la venta de drogas. Además, también hay una máquina cuenta billetes y dos bolsos negros vacíos que se deben llenar para pagarle el nuevo cargamento al cartel de Sinaloa.

Luego de treinta minutos de contar billetes y unirlos con ligas, llenan los dos bolsos y los quitan de la mesa, pero aún queda dinero sobre la mesa.

—¡My niggas, vengan, ya llegó el mejor momento de la cobranza, contar la ganancia y dividirla!—exclama Lamar.

Todos se acercan y se sientan a esperar. Está toda la *gang* ahí: Dwayne, Sheels, Lamar, Curtis, Jamal, Rick y Dimitri.

—Wooooh, son cien mil dólares, esta repartición será jugosa.

Todos se ríen, se dan las manos y chocan los puños.

—Esto da... 14.284$ para cada uno, brothers... Curtis, llama a Jessica para que traiga a algunas chicas en la noche. Hoy quiero mucho sexo y mucha marihuana—dice Lamar.

Dwayne está parado a un lado, arrecostado a la pared, viendo como Lamar reparte el dinero, hasta que de pronto este le dice: —Hey Lil D, ven a buscar lo tuyo, para que empieces a disfrutar de la buena vida.

El chico no lo puede creer, casi ni puede sostener todas las fajas con sus manos. Sonríe y les agradece.

Luego de unos treinta minutos, Sheels llama a Dwayne para irse a enseñarle a usar la pistola.

Ambos se montan en el carro, arrancan y al cabo de unos cuarenta y cinco minutos llegan a una fábrica abandonada ubicada a las afueras de la ciudad. Se bajan y Lamar busca unas diez latas de cerveza que trajo de su casa. Las coloca sobre una mesa de hierro y le dice a Dwayne: —Saca tu arma, es hora de que aprendas a usarla.

El chico obedece, la saca y apunta.

—Respira men, agarra la pistola con fu...

Las palabras de Sheels se ven silenciadas por el disparo de Dwayne, el cual no le dio al objetivo y de paso el impacto lo tumbó.

Sheels se molesta y le dice: —Listen me, esto no es un chiste, esto es muy serio. Esto puede significar tu muerte o tu salvación ¿Me entiendes?

Dwayne asiente con la cabeza, vuelve a apuntar y le da a una lata.

Allí siguieron durante un par de horas que fue el tiempo que duró Dwayne en derribar todos los objetivos. Cuando van de camino a casa, le pide el teléfono a Sheels para llamar a Jessica.

—Hey, soy yo, Dwayne.

—¿Qué más? Güerito. Tiempo sin saber de ti, chamaco.

—¿Donde estas?

—Híjole, solo has dormido una noche en mi casa ¿Y ya me andas preguntando en dónde estoy?

Dwayne se ríe.

—No mentira carnal, cuéntame ¿Que necesitas?

—Necesito que me acompañes a hacer un par de cosas.

—Está bien, ven hasta al apartamento y de aquí nos vamos.

—Está bien.

Dwayne cuelga y le dice a Sheels que lo deje frente al apartamento de Jessica.

–Hey men, ten cuidado con esa chica, ella es la novia de Curtis, y aunque no se la lleven bien, se deben lealtad ya que son hermanos en armas–le dice Sheels.

–Relájate Sheels. Ella no me gusta–le responde Dwayne.

XXII

Dwayne llega al apartamento, toca la puerta y Jessica le abre.

—¿Qué hay que hacer? Güerito.

—Un par de cosas. ¿Ya estás lista?

—Si, vamos, pero antes voy a pasar por la casa del imbécil de Matthew a pagarle el alquiler.

—Ok.

Jessica toma sus cosas y sigue su rutina de echarse un trago antes de salir. Dwayne se le queda viendo fijamente con expresión de decepción, Jessica lo nota y le dice: —Relájate mijo, eso es algo normal.

Salen del apartamento... —Por aquí—le dice Jessica—. Mientras empieza a subir las escaleras.

Suben dos pisos y llegan a una gran puerta blanca, es el único apartamento de ese nivel, cuando en cada piso normalmente hay de tres a cuatro viviendas.

Jessica toca el timbre y en seguida el tipo se asoma por la escotilla y sale.

—¿Qué quieres ahora?

—Vine para pagarte lo que te debo—le explica—. Mientras abre su cartera para sacar el dinero.

—¿Qué más vas a pagar? Si ya el chico te pagó seis meses adelantados—le explica—. Mientras señala a Dwayne.

—¿Que tú hiciste qué? Devuélvele el dinero Matthew, yo no se lo pedí.

—No, no lo hagas—dice Dwayne.

Luego agrega:

—Jessica tenemos que irnos, ya se nos hizo tarde.

Esta guarda el dinero, se da vuelta y empieza a bajar las escaleras.

—Oye chamaco ¿Con que dinero pagaste eso?

—Hoy fue día de cobro en la pandilla y me tomaron en cuenta.

—¿Y no pudiste avisarme para evitarme verle la cara a este imbécil?

Dwayne se ríe y le dice:

—Era una sorpresa.

Llegan hasta abajo, se colocan en la acera y llaman a un taxi.

—¿Para donde vamos?

—Vamos al orfanato St Vincent en Brooklyn.

Se montan, Jessica le dice para donde van y el taxista arranca hasta allá.

Luego de unos cuarenta minutos llegan, se bajan y Dwayne le dice a Jessica:

—Necesito que vayas hasta la recepción y preguntes por Dayana Cárdenas y por Nikolay Volkov.

—¿Y tú crees que yo soy tu asistente? Vamos los dos.

—Yo no puedo entrar.

—¿Por qué?

—Después hablamos sobre eso.

—Ok, pregunto por ellos ¿Y luego que haré?

—Si te dicen que están ahí, pides verlos ya que estas buscando adoptar a algún niño y de ellos te han hablado muy bien, por eso quisieras conocerlos. Si los ves, les das estas cartas. Una a cada uno. Si te preguntan quién las envía, les dices que es de parte de *DBoy*.

—Ok.

Jessica entra, le pregunta a la recepcionista y esta le responde que sólo está Dayana y que el otro chico se escapó de allí hace un par de días.

La mexicana dice lo que Dwayne le ordenó y le hacen pasar a ver a la chica. Entra a la sala de espera, se sienta y espera. Abre la carta que era para la chica y la lee.

"Hola Dayana, soy yo, Dwayne. Estoy libre y me está yendo muy bien. Sé que no la estas pasando bien, así que quiero proponerte que te escapes y vengas conmigo, no quiero que vuelvas a ir a esas apestosas casas adoptivas. El miércoles de la semana entrante estaré aquí con unos amigos para sacarte de este agujero. Prepárate para oler la fragancia de la libertad".

Llega la chica y Jessica le pide a la enfermera que les dé un tiempo a solas para tener un tipo de conversación más cercana.

—¿Quien sos vos? —le pregunta la chica a Jessica.

—Soy Jessica, una amiga de DBoy.

—¿De Dwayne? ¿Dónde está el?—pregunta la niña con una sonrisa.

—Esta afuera, pero no puede entrar y me pidió que te entregara esto. Pero te lo daré con una condición.

—¿Cuál?

—Necesito que me digas como se conocieron.

—Nosotros fuimos hermanos en un hogar adoptivo. El se pudo escapar porque nuestros padres nos iban a matar. Éramos cinco. Yo me salvé porque la policía los capturó a tiempo.

—Vaya, vaya. Bueno, espero vernos pronto, chamaca.

Le entrega la carta y se va, pero luego se devuelve.

—Oye chamaca ¿Por casualidad uno de tus hermanos adoptivos no se llama Nikolay Volkov?

—Si, pero él se escapó de aquí hace un par de días. Yo iba a ir con él, pero me dijo que no era seguro y que vendría por mi cuando ya estuviera afuera.

—Ah ok. Solo era por simple curiosidad. Nos vemos luego.

XXIII

Jessica sale del lugar, va hasta donde Dwayne para decirle lo que había pasado, luego llaman a un taxi, pero antes de montarse Dwayne ve para atrás y ve que está saliendo un hombre con una camisa azul, corbata negra, pantalón negro, zapatos negros y un maletín del mismo color.

—Es William—dijo en voz baja—. Pero no puede darse el lujo de irlo a saludar ya que lo podría meter en problemas.

William es un trabajador social del St Vincent, el es de los que verifican que los niños adoptados estén en las mejores condiciones posibles en sus nuevos hogares.

William siempre actuó de buena manera con Dwayne, el era el que siempre iba hasta los hogares en donde este residía para velar por su bienestar. Se conocieron un año luego de que la tragedia familiar de Dwayne ocurriera, siempre se preocupaba por el e incluso le dio su número al chico para cualquier caso de emergencia.

En el primer hogar adoptivo de Dwayne, el siempre supo lo que pasaba luego de que él se iba, y desde la primera vez que lo percató, pidió el cambio de hogar, pero las múltiples peticiones eran denegadas. Hasta que por fin, luego de la petición número veintiuno, aprobaron el retorno del chico al orfanato.

En cambio, con su segunda familia, siempre tuvo claro que Dwayne era muy feliz con ellos y pensó en algún momento que por fin la suerte le había tocado. Hasta que un día revisó los diarios y vio que la familia había sido asesinada y supo que el calvario para el infante seguiría en pie.

Ya cansado de ver al chico siendo denegado por el montón de familias que buscaban hijos, decidió contactar personalmente a una familia que al parecer era perfecta. Tenían buena posición económica, una gran casa y un excelente registro en cuanto a los cuatro niños anteriormente adoptados.

Todo iba bien, incluso hasta les dio el reconocimiento de familia ejemplar, pero el hombre pecó de iluso y se dejó llevar por la apariencia, sin saber que aunque la mesa esté bien servida y bien decorada por encima, por debajo del tapete podría estar llena de cucarachas.

Un día el hombre recibió un mensaje de un número privado. Lo abrió, lo leyó y se dio cuenta que era Dwayne:

"Hola Liam, soy yo, Dwayne. Necesito que me saques de aquí. Están pasando muchas cosas raras. Ayer escuché a Cassie y a Peter hablando sobre lo que nos dirían a nosotros y lo que te dirían a ti. No sé de qué se trata, pero tengo miedo. Sálvame, por favor".

William al instante se sintió mal, no sabía qué hacer, sintió que le hizo un mal al chico cuando en realidad sólo quería su bienestar. La moral se le vino al piso y una botella de Vodka fue la única que le brindó comprensión en esa fría y contradictoria noche.

Pensó por un largo rato y se dio cuenta que sólo había una salida, la cual era decirle al chico que se escapara por la noche de casa, mientras que el lo esperaba con su carro en la esquina.

Al otro día, alrededor de las ocho de la noche, le envío un mensaje a Dwayne:

"Esta noche paso por ti. Sal de casa un poco antes de la media noche. Te estaré esperando en la esquina adentro mi carro. Es nuestra única oportunidad".

Dwayne recibió el mensaje y al instante le respondió:

"Está bien. ¿No puedo llevar a ninguno de mis hermanos con nosotros? No quiero que les hagan daño".

William leyó el mensaje y escribió "Si" pero cuando lo iba a mandar, una voz interna le dijo que no. Se puso a pensar y se dio cuenta que sería demasiado riesgoso y que hasta podría perder su trabajo. Así que le envió a Dwayne:

"No, hacerlo hoy mismo sería muy riesgoso. Mañana iremos por ellos, diles que estén listos".

Dwayne se disgustó un poco pero sabía que era complicado lo que iban a hacer, así que le dijo a Dayana y a Nikolay que ese día no podría ser y que mañana vendría por ellos.

Entre lágrimas los niños se despidieron de Dwayne y le desearon buena suerte y que esperaban con ansias verse al otro día, pero antes de salir, Dayana le dijo a Dwayne y a Nikolay: –Quiero que hagamos un pacto de hermandad. Aunque no seamos de los mismos padres, los amo, son lo único que me han hecho aguantar este hogar - Los chicos asienten, chocan los puños al mismo tiempo y dicen: *"Hermanos por siempre".*

Dwayne salió cuidadosamente por la puerta de la cocina, caminó hasta la esquina y se montó en el carro de William.

Estos llegaron al domicilio de la novia de William, la cual era muy buena y recibió muy bien a Dwayne. Le dieron de comer y luego se fue a dormir a la habitación libre que quedaba en aquel apartamento, sin poder dormir, ya que la ansiedad por ver a sus hermanos era mas grande que su cansancio.

Al otro día, William se fue al trabajo, Dwayne se quedó junto con Sophie esperando a que este llegara, para ejecutar la huida de los otros chicos.

Pasaron las siete y media de la noche y aún no llegaba, Dwayne se empezó a desesperar y a llamarlo por teléfono, pero no contestaba.

El hombre no llegó a casa en toda la noche, hasta el otro día, pero ya en ese momento Dwayne se había ido a caminar por las calles, ya que no podía soportar el hecho de haberle fallado a sus hermanos.

Caminó cerca de doce horas sin parar, desde Brooklyn hasta Queens, en donde consiguió un callejón para dormir.

Ahora, en el taxi:

—Oye escuincle ¿Cuando me ibas a contar que estas buscando a tus hermanos?

—Cuando me lo preguntaras.

—¿Estás molesto o que te pasa? Hice todo lo que me pediste.

Dwayne no está molesto, sólo se siente triste ya que recordó que le había fallado a sus hermanos y que ahora nadie sabía en donde está Nikolay.

Llegan a la casa, entran y Dwayne llama a Sheels para hablar en privado. Se van hasta el patio trasero y le empieza a contar todo lo sucedido.

—Necesito que me ayudes a sacarla de allí, hommie

—Eso no me convence brother, ya tenemos muchos problemas.

—Hey nigga, ¿Me vas a dejar solo cuando te necesito? Ella también es mi familia.

—Esta bien men, lo haremos. Espero que cuando necesite de tu ayuda para algún problema personal, también me des tu apoyo.

—Cuenta con eso brother—. Le da la mano y se dan un abrazo.

XXIV

Al día siguiente, todos los chicos se reúnen temprano en la mañana, están hablando acerca de los dealers que tienen a su disposición ya que han sacado un balance de ganancias y necesitan más dinero. Sobre la mesa ponen tres fotos, cada una pertenece a vendedores de la *Children Lineage*.

—Nosotros nos encargamos de este cabron—dicen Lamar y Curtis—. Mientras agarran una foto.

—Nosotros vamos con este—dicen Jamal y Rick.

—Bueno, nos queda este, es hora de irnos—dice Sheels—. Mientras mira a Dwayne y a Dimitri.

Se montan en los carros y en sus motocicletas, respectivamente, y se van.

—Hey Lil D ¿De dónde vienes? Bro'. Nunca hemos podido hablar—le dice Dimitri.

—Im from del guetto ma' nigga, from the streets.

—Wow, el chico es rudo—. Se ríe mientras le da una palmada en el hombro a Sheels.

—Lil D, Dimitri es mi más sincero y viejo amigo. Puedes confiar en el tanto como en mi—le explica Sheels.

—Yes men, somos la vieja escuela.

—Ok bro', entiendo.

De repente Dimitri exclama: —¡Allí está el hijo de perra!

Sheels acelera, bordea la plaza y dice: —Dwayne acompaña a Dimitri.

El carro se detiene y los dos se bajan con las pistolas en las manos apuntando al tipo.

—¡Quieto maldito!– Dimitri lo agarra por el cuello y lo mete en la parte trasera del carro.

Es un tipo blanco, con los brazos todos tatuados y con una cicatriz en el lado izquierdo del cuello.

—Amárrale las manos al maldito–le dice Dimitri a Dwayne–. Mientras que desde el asiento del copiloto está apuntando al tipo al pecho.

Dwayne busca en la parte de abajo del asiento del conductor, agarra una cuerda y le ata las manos.

—¿Para quién estás trabajando? Motherfucker.

—Soy un tipo libre, no le trabajo a nadie.

—Y que no trabaja para nadie–le dice Dimitri a Sheels–. Mientras se ríe, para luego darle con la base de la pistola en la cabeza.

—No juegues con nosotros, boy, sabemos que trabajas para los blancos del distrito.

Dwayne agarra su pistola y se la pone en la cabeza al tipo.

—Habla blanco marica.

—Hazle caso al chico, si no, te volará la cabeza.

—Fuck men. Trabajo para los de la *Children Lineage*. Ellos me dan la droga y yo la vendo.

—¿Ah sí? Ahora si nos estamos entendiendo. Nos interesa tu zona. ¿Cuánto vendes a la semana?

—Todo depende, pero lo normal son unos ocho mil, entre marihuana y cocaína, pero ni creas que me iré contigo. Los de la *Children Lineage* me matarían en seguida.

—No te preocupes por eso. Nosotros te protegeremos de esos desgraciados.

—No men, no le entro.

—Bueno men, no te queda otra opción. Nosotros ya estamos en guerra con ellos, y no creo que tu muerte vaya a cambiar mucho las cosas.

—Joder bro', está bien, acepto, pero necesito que me protejan y me den la droga.

—Eso no es un problema—dice Dimitri—. Mientras abre la guantera del carro y saca dos panelas, una de marihuana y otra de cocaína.

Dejan al tipo en su casa y se devuelven a la de Sheels a esperar que se haga la hora para ir a buscar a Dayana, la hermana de Dwayne.

Se hacen las siete de la noche, Dwayne va y viene, la ansiedad por buscar a su hermana está al límite, lleva más de treinta minutos caminando de un lado a otro.

Sheels ve que el chico está presionado y le dice:

—Fúmate un porro, hommie. Eso te relajará.

Dwayne se le queda viendo y le pregunta: —¿Estás seguro?

Sheels se saca el porro del bolsillo y le dice: —Yes bro', confía en mí. Es prácticamente lo mismo que un cigarro, pero más efectivo.

Dwayne lo agarra, lo enciende y empieza fumar, a los veinte minutos ya se empieza a sentir en el aire y siente el cuerpo liviano.

Cuando se hacen las siete y cuarenta, Sheels le dice: —Es hora bro', vamos a hacer lo tuyo—. Agarran las cosas y se van.

Sheels maneja por la ciudad, mientras que Dwayne se queda viendo fijamente hacia la carretera, no piensa en nada, todo debido a los efectos del cannabis.

Llegan al St Vincent, se bajan y se dirigen hasta la parte trasera, pero cuando van caminando... ¡Ven una ventana rota! Los chicos se alertan, sacan las pistolas y entran por esa ventana.

La ventana es de una sala de juegos, hay juguetes regados por todas partes y un televisor encendido. Dwayne y Sheels se dividen, Sheels va por una puerta que está a la izquierda y Dwayne por la del medio.

Dwayne abre la puerta que da a un largo pasillo, mientras que Sheels al abrir la puerta, ve a una vieja mujer atada de manos y con un trapo en la boca.

Dwayne camina por el pasillo, abre habitaciones pero ninguna es la de Dayana. De pronto ve que se abre una puerta, saca la pistola y apunta hacia allá. De la habitación sale un chico, con una bermuda y con un sweater negro con la capucha puesta, trayendo de la mano a... ¡Trayendo de la mano a Dayana! Dwayne se sorprende y le grita: –Suéltala maldito.

Dayana voltea y le pregunta: –¿Qué haces con esa arma *DBoy*?

Al mismo instante voltea el chico... ¡Es Nikolay! Dwayne al verlo, deja caer al arma y se va para allá a abrazarlos, pero se ve impedido por la mano de Nikolay.

–No me abraces, maldito traidor.

–¿Traidor? ¿Por qué me llamas así si vine a buscarlos?

–Ya es muy tarde para que te disculpemos... Vámonos Dayana, antes de que alguien se dé cuenta y suenen la alarma.

–¿Para donde van? Vénganse conmigo, vamos a cumplir con el pacto de hermandad que tenemos.

—Ese pacto lo rompiste el día que nos dejaste olvidados en aquella casa... Estuve a punto de morir por tu egoísmo, maldito.

—No fue mi cul...

Nikolay lo empuja y empieza a caminar por donde entró.

Dwayne cae al piso, tiene la mente en blanco y las lágrimas de desconsuelo empiezan a brotar. A la mente se le vienen todos los buenos momentos que vivió con ellos y se dio cuenta que a las únicas personas que de verdad a querido, se han ido. Dwayne empuña la pistola, se la coloca en la sien y coloca el dedo en el gatillo.

XXV

Al otro día, bien temprano en la mañana, Dwayne agarra el teléfono de Sheels y llama a William.

—Hey William, soy yo, Dwayne.

—¿Quién?

—Dwayne.

—Hey *Dboy*, no esperaba recibir una llamada tuya. ¿Cómo te está yendo?

—Hasta ahora todo marcha bien, ¿Cuándo nos podemos ver?

—Qué curioso... Ayer justo desapareció tu hermana del St Vincent y hoy tú apareces repentinamente... Espero y no tengas nada que ver con eso...

—Si, si tuve que ver, ella es mi familia Liam, y a la familia no se le abandona dos veces.

—Entonces nos tendremos que ver en algún lugar no muy concurrido... Creo tener el lugar perfecto, la cafetería ubicada en la calle cincuenta y uno de Queens ¿Qué dices?

—Suena bien.

—Tendrás que ir sólo, ya que te tengo que decir algo importante.

—Ok, Dayana se quedará aquí. Hablaré con mis amigos para que cuiden de ella.

Dwayne habla con Dayana sobre lo que va a hacer, luego se baña, se viste y le dice a Sheels que cuide de ella.

En eso llega Jessica:

—¿Qué más güerito? ¿Para dónde vas?

—Voy a reunirme con un viejo amigo.

—Hasta viejos amigos tiene el chamaco—dice—. Mientras sonríe y ve a Curtis.

—¿Te puedo pedir un favor?

—Si.

—En el cuarto está mi hermana, por favor está pendiente de ella y de lo que necesite.

—¿Tu hermana? Está bien, chamaco. Cuenta con eso.

Dwayne se despide de todos, sale de la casa, toma un taxi y en quince minutos llega al café.

Es un lugar privado, está repleto de mesas redondas con sillas blancas y al fondo tiene una especie de terraza al aire libre.

Dwayne ve hacia todos lados y en la última mesa del lado derecho del establecimiento ve a William sentado.

Dwayne se dirige hasta allá, lo saluda y toma asiento.

—Hey ¿Como estas? ¿Qué es de eso tan importante de lo que me tienes que hablar?

—Es acerca de tu familia, *DBoy*.

—¿Cómo que de mi familia? Yo no tengo familia...

—La que tuviste en un principio.

—Fuck men, no me vengas con esas cosas ahorita. Te diré como siempre le he dicho a todos los que me preguntan acerca de eso, yo no sé nada.

—Yo sé que no sabes nada, porque el que va a hablar aqui, soy yo.

—Te escucho.

—¿Que es lo que sabes de tu familia?

—Sólo sé lo que me han dicho.

—¿Y si te digo que todo eso es una mentira?

—¿Cómo que mentira?

—Todo eso fue un montaje hecho por una persona muy poderosa.

—¿Cómo así? No estoy entendiendo nada.

—Ve, tu papá en realidad no mató a tu mamá.

—¿Entonces quien la mató?

—La persona que te dije hace un momento, es alguien muy poderoso.

—¿Y como tú sabes eso? ¿Acaso tú lo ayudaste?

—No.

—No te creo.

—Siempre he querido tu bienestar y lo sabes.

—¿Y eso por qué? Ni siquiera eres mi familia.

—¿Y si te digo que si?

—Bullshit.

—Dwayne... Dwayne yo soy tu tío.

—¿¡Mi que!?

—Tu tío.

—Oye bro' ¿Qué te pasa? ¿Crees que puedes venir aquí a hablar un montón de mierda?

—Sólo respóndeme algo. Crees que si yo fuese un simple trabajador social ¿Hubiese arriesgado mi trabajo sólo por uno de los cientos de niños huérfanos que veo al año?

Dwayne se queda ipsofacto, ya que el argumento que está usando William tiene mucho sentido, sin contar que se ha dado cuenta que tiene los ojos sollozos.

—¿Es en serio? Men. - Le pregunta Dwayne.

—Si, tú eres mi sobrino y tu mamá era mi hermana.

Dwayne sonríe, se levanta de la silla y se da un largo y emotivo abrazo con William.

—¿Y quién es el tipo ese del que me hablas? El que planeó todo.

—Creo que no es momento de decírtelo.

—Vamos men, ya es hora de que me digas, creo que ya mi vida está llena de dudas como para tener que agregar otra.

—El que lo hizo... El que lo hizo fue mi padre —dijo con la voz temblorosa.

—¿Cómo?

—Si, Dwayne.

Todo había pasado así. El abuelo de Dwayne es un hombre muy poderoso, debido a que es uno de los directores del FBI. El hombre hizo que mataran a su hija, todo porque nunca estuvo de acuerdo con la relación entre ella y el padre de Dwayne, ya que este no venía de una buena familia y había estado implicado en varios casos de hurto.

El abuelo de Dwayne, llamado Ryan, utilizó esos expedientes en contra del padre para incriminarlo con mayor facilidad.

De pronto la emotiva reunión se interrumpe por una llamada entrante al teléfono de Dwayne.

—Hey Sheels wassup? Estoy en medio de algo.

—Necesito que me digas en donde estas.

—¿Por qué? ¿Qué pasó?

—Yizz está bajo ataque, unos pocos blancos de la *Children Lineage* acaban de llegar a su casa y la están llenando de agujeros.

—¡Oh shit! Estoy la cafetería de la calle cincuenta y uno.

—Voy para allá.

Dwayne cuelga, se saca un billete de veinte dólares y lo pone sobre la mesa.

—Hey *DBoy*, ya no tienes porque estar en esa pandilla, ya me tienes a mí, ya tienes a alguien de tu verdadera familia.

—No William... Además...–. Se queda pensativo. —¿Cómo sabes que es una pandilla?

—En las grabaciones se veía claro que formaban parte de una... – Se le queda viendo fijamente el cuello. – Ese casquillo en el cuello también me dejo claro que también eres parte de ella.

—¿En las grabaciones? Si ya sabias que había sido yo, entonces ¿Para qué me preguntaste hace un rato si yo estaba involucrado?

—Porque quería comprobar si ya te habías convertido realmente en una escoria, llena de maldad y mentirosa, pero me demostraste que no. Aun sigues siendo ese buen muchacho que salve de esa familia psicópata, por favor, salte de ahí.

—No—dice con la ceja fruncida—. Ellos fueron los que me ayudaron cuando no tenía nada y los que me hicieron sentir importante... Sin contar con que fueron ellos los que me ayudaron a rescatar a mi hermana... Algo en lo que tú me fallaste.

—¡Pero es que vas a morir!—. Le da un golpe que hace alertar a medio establecimiento.

—Todos lo haremos y si muero defendiendo a la gente que me ha hecho algún bien, pues moriré feliz.

—¿Crees que le estás haciendo un bien a Dayana llevándola para ese sitio? Al menos en St Vincent su vida no corría peligro.

—Ella es parte de los *Banished* y como a cualquier miembro de nuestra hermandad, se le protegerá con nuestras vidas si es necesario.

—Haz perdido la cabeza... Maldita sea ¿En qué te has convertido?

De repente se escucha una corneta y un fuerte silbido, Dwayne le da una palmada en el hombro a William en forma de despedida y sale del lugar.

Es Sheels, Dwayne corre hasta el auto, se monta y el carro acelera a toda velocidad, dejando marcas de caucho en el asfalto.

Sheels va a toda velocidad por la autopista, sin respetar semáforos ni señalizaciones, y al cabo de unos quince minutos llegan a la casa de Yizz en el Bronx. De primera mano no ven nada ni a nadie, las calles están despejadas y la casa está intacta.

–Esto está medio raro–dice Sheels mientras apaga el carro.

–Sí–le responde Dwayne–. Mientras saca su pistola.

Sheels se baja del carro, avanza hasta la parte principal mientras que apenas Dwayne va saliendo del carro.

Sheels abre la puerta cuidadosamente, con una pistola en la mano derecha y otra en la izquierda. Dwayne se queda en la acera en caso de que llegaran los blancos.

Sheels entra a la casa y deja la puerta abierta, pasan unos minutos, no pasa nada y tampoco sale, mientras que Dwayne está afuera viendo hacia todos lados. Al ver que no sale, Dwayne empieza a caminar hacia la entrada, apunta la pistola hacia la puerta y sube el primero de los dos escalones que hay en la entrada, hasta que se ve parado en seco por un grito desesperado de Sheels diciendo: –¡CORRE!, ¡CORRE LIL D!

Dwayne sube el otro escalón, llega a la puerta, echa un vistazo y ve... ¡Y ve a un par de policías esposando a Sheels!

Dwayne al asimilar lo que está ocurriendo empieza a correr, la adrenalina empieza a recorrer todo su ser. Pasa semáforos peatonales que estaban en rojo, se tropieza con los demás transeúntes de la ciudad y sobrepasa rejas, pero en uno de esos saltos se cae, se da un golpe en la cabeza y cae inconsciente al suelo.

XXVI

Al cabo de unas horas Dwayne despierta, está en un carro y frente a él, en el asiento del copiloto ve a una mujer sentada. Se queda pensando por un largo rato, tratando de recordar que había pasado y por qué estaba ahí.

Al cabo de unos cincos minutos el carro se estaciona, el hombre que está manejando se baja, abre la puerta del lado en el que va Dwayne, lo agarra por el brazo y lo baja a trompicones.

Dwayne sólo logra ver a un gran tipo blanco, con un cable guindando de su oreja derecha y con un chaleco antibalas con las siglas *ATF*.

Lo hacen entrar a una habitación sombría, con una mesa, un par de sillas y una pequeña cámara en una de las esquinas superiores de la pared derecha.

Esta sentado en la silla, con las manos esposadas puestas sobre la mesa. A los diez minutos entra una mujer, de tez blanca, pelirroja y contextura delgada.

En sus manos trae una carpeta y una ficha guindada del cuello.

| Detective Misty Thompson. |
| Departamento de Alcohol, Tabaco, Armas de Fuego y Explosivos. |
| ATF |

—Dwayne Reevers, trece años, hijo de un padre alcohólico que asesino a su cónyuge con un bate de beisbol... Vaya, vaya, al parecer esto viene de familia—dice la detective.

Dwayne la ve directamente a los ojos y le pregunta:

—¿Quién es usted? ¿Y qué carajos es la ATF?

—Soy la detective Thompson. ¿Cómo que no sabes que es la ATF? Pensaba que ustedes los pandilleros al menos tenían la decencia de saber quiénes los persiguen por sus fechorías.

Dwayne permanece callado.

—Bien... Seré breve y espero que me entiendas, ya que nunca me ha gustado enseñar, por eso me dedico a atrapar delincuentes en vez de estar en un salón de clases como una idiota tratando de educar a seres que desde pequeños nacen con el gen del mal... Bien, la ATF te tiene aquí porque estabas con un traficante de armas... Sheels Westbrook ¿Te suena familiar?– le pregunta–. Luego le pasa una foto.

—¿Qué sabe usted de el? Ni siquiera sabe de dónde venimos ni por lo que hemos pasado.

—Ni me interesa... Lil... Lil D. Tengo entendido que así es como te llaman en las calles–luego agrega–: Ahora Lil D, ¿Tienes algún tipo de parentesco con Sheels?

—No es tu problema.

—Si no colaboras haré que pases el resto de tu vida en una cárcel... Nada de jovencitas universitarias, nada de fiestas y nada de esa vida con la que cualquier chico de tu edad empieza a fantasear.

—No soy cualquier chico.

—Ouh, se echa para atrás, se arregla el cabello, cruza las piernas y le pregunta con voz cínica: ¿Qué tienes de especial? Porque lo que veo a simple vista es que eres otro negro mas intentando ser malo.

Dwayne no dice nada, solo ve hacia el piso.

—Está bien, por lo que veo esta vez no llegaremos a nada, pero te daré una última oportunidad.

La detective se levanta de la silla y empieza a dar vueltas.

—Ya quiero irme a casa, tengo cosas más importantes que hacer.

—¿Irte a casa? No me hagas reír. Con la información que dio Westbrook tengo para encerrarte el resto de tu vida.

—¿Sheels? El nunca diría nada.

—¿Estás seguro?

Dwayne asiente con la cabeza.

—Ese es el problema de ustedes los nuevos, se creen todas esas patrañas que les dicen los vieja escuela, ignorando que en situaciones de apuros cada quien defiende sus propios intereses, traicionando a amigos, socios y a la tan nombrada familia... Por ejemplo, con lo que dijo Sheels de ti, el saldrá libre en al menos un par de horas.

—¿Y yo?

—¿Tu? Bueno, ya tú deberías ir haciéndote la idea de que vivirás el resto de tu vida en una habitación del tamaño de un baño, que probablemente por tu edad y contextura, serás la perra de alguno de los presos.

—La única perra aquí eres tú.

—Ah ver chico... ¿Cómo hago para que entiendas? Juguemos algo... Juguemos a que nunca hubieses entrado a la pandilla y que nunca hubieses conocido a Westbrook... ¿Qué harías en ese caso si alguien te estuviese culpando de algo en lo que no tienes nada que ver? Contando con que un grupo de desconocidos armo un complot para hacerte parecer culpable ante las autoridades.

—Diría la verdad, que yo no hice nada.

—¿Y por qué no haces eso ahora mismo? En este momento esta yendo para la casa de Westbrook un escuadrón del FBI para atrapar al resto de la pandilla... Es decir, los *Banished* desaparecerán, no tienes nada que perder, pero si mucho que ganar.

—¿Qué puedo ganar yo de eso? Solo sería un traidor más que deshonro a sus hermanos.

—¿Qué podrías ganar? Libertad, por ejemplo. Y si te portas bien, también podría hacer un arreglo con el fiscal para que te metan en el programa de protección de testigos. Nueva identidad, nueva vida y nuevos planes, mas una beca hasta que llegues a la universidad... ¿No quieres deshacerte de tu pasado? ¿No estás cansado de repetir la misma historia de tus padres?

—Sí.

—Entonces dime: ¿Por qué estabas con Sheels?

Dwayne permanece callado.

—Está bien, me rindo.

—La detective recoge la carpeta de la mesa y se dirige hasta la puerta,

—Espera—dice Dwayne.

La mujer se detiene y le dice:

—Te escucho.

—Sheels me llamo y me dijo que Yizz estaba en problemas y que debíamos ir a ayudarlo.

—¿Yizz? ¿Quién es él?

—Tampoco creas que soy estúpido, se que también lo detuvieron.

—Eres listo... Continua.

—Eso es todo.

—¿Alguna vez viste a Sheels con un cargamento ilegal de armas?

—No.

—Recuerda que es tu última oportunidad.

—Sí.

—Vamos bien… ¿Alguna vez escuchaste alguna conversación entre Westbrook y el alcalde de la ciudad?

—No.

—¿Estás seguro?—le pregunta.

—Sí.

—Ya estoy harta.

La detective Thompson se para de la mesa, camina y abre la puerta.

—Está bien… Está bien… Si, si escuche una conversación.

La oficial cierra la puerta y se vuelve a sentar.

—¿De qué hablaron? ¿Mencionaron algún trato?

—Sí.

—Interesante… Con eso bastará por ahora.

La detective agarra la carpeta, va hasta la puerta y le dice al guardia que le de comida y agua y se va.

Pasan alrededor de unas cinco horas y la detective vuelve a entrar.

—Voy a necesitar que declares ante un juez lo que me has dicho.

—Eso nunca.

–Entonces no podre hacer nada por ti.

–Ya hice y dije todo lo que puedo y se.

–Está bien... ¡Collins! Por favor, llévelo hasta una de las celdas... Prepárate para el juicio, negro insolente.

En la otra sala de interrogación esta Sheels, esposado y con los ánimos bajos, sabe que no le viene nada bueno y que tardara mucho tiempo en volver a ver la luz del sol.

De pronto entra la detective Misty.

–Sheels Westbrook, acusado por tráfico de armas y tráfico de estupefacientes–. Se rie y agrega: –No creo que vayas a salir durante un buen tiempo.

–Si me trajo aquí es por algo ¿Qué quiere?

–Información Sheels... Creo que hace unos minutos fui muy esperanzadora para ti, porque creo que con los cargos actuales mas tus viejos antecedentes te darán cadena perpetúa.

–¿¡COMO!? No puede ser... Maldita sea–dice mientras se pone las manos en la cara.

–Pero aun te queda una opción.

–¿Cuál?

–Darme el nombre de tu proveedor de armas y su ubicación.

–De ninguna manera.

–Entonces te pudrirás detrás de unos barrotes.

La mujer se da la vuelta, abre la puerta y le dice al agente que lo lleve hasta una celda.

El oficial entra, lo levanta y lo custodia hasta su celda.

Al otro lado de la ciudad, en la casa de Sheels están Lamar y Curtis hablando acerca de lo sucedido.

—Todo esto fue una trampa—dice Lamar.

—No lo creo men, la policía ya llevaba bastante tiempo detrás de Sheels— responde Curtis.

—Y detrás de nosotros también… Aun no entiendo porque Sheels y el pequeño Dwayne están encerrados y nosotros no, pienso que ya la casa debería estar rodeada de federales.

—¿Acaso quieres estar encerrado?

—No, solo uso la lógica.

—No sé qué tratas de decir, pero lo importante es que estamos libres.

—Me voy a tener que ir de la ciudad, hommie—dice Lamar.

—Why men? Ahora seremos los líderes de la *gang*, ya no tendremos que seguir órdenes y llevaremos a la familia al puesto que se merece.

—¿Qué estás diciendo?

—Estoy diciendo que ahora nosotros somos los lideres de esto, bro', y debemos asumirlo.

—Lideres un carajo, sin Sheels ni Earl para mí esto no tiene sentido.

—Yo si seguiré en esto, siempre soñé con ser el líder.

—Esto se acabo, men.

—Si te quieres ir, vete—dice Curtis.

XXVII

Luego de unas cuantas horas, Dwayne despierta gracias al ruido de unos golpeteos. Abre los ojos y a lo lejos escucha:

—¡Hey! Aquí está tu comida, negro delincuente.

Luego escucha el sonido de unos pasos y a los instantes ve al detective Collins con una bandeja gris y con un palo policial.

—Al menos la pequeña basurilla afroamericana está despierta, aquí está tu comida—dice el oficial.

Abre la celda, le pone la bandeja en el piso y se va.

Este la toma y empieza a comer, de pronto escucha una voz susurrando su nombre.

—¡Dwayne! ... ¡Dwayne! ...

Dwayne se levanta, se acerca a la puerta de la celda y responde:

—¿Quién es?

—Soy yo, hommie.

—¿Quién eres tú?

—Sheels, bro'.

Otra vez Dwayne y Sheels se encuentran bajo circunstancias de peligro, sólo que está vez al parecer será para darse un último adiós, ya que sus destinos tomaran caminos diferentes.

—¡Sheels! Pensé que nunca más te escucharía.

—Yo también, bro'. ¿Cómo te han tratado estos federales del demonio?

—Ni muy bien ni muy mal, men ¿Y a ti?

—Mal, la vieja malhumorada de la ATF me dijo que me darían cadena perpetua, pero ¿Que carajos? Esta fue la vida que me tocó y debo afrontarla.

—¿¡QUÉ!? Yo ni sé cuántos años pasaré encerrado. Quisiera que todo fuera diferente, que todo en este momento estuviese como antes. Tú, los chicos, Jessica y yo, juntos como hermanos y como familia.

—Yo también, hommie. Debo decirte que de todos los de la *gang* el que menos debería estar aquí eres tú, eres tan sólo un niño, discúlpame, Lil D. Nunca pensé que pararíamos en esto.

—You know, Sheels? No me importa estar aquí, porque lo estoy por pertenecer a algo, y ese algo eres tú y los chicos, mi verdadera familia y los únicos que hicieron sentirme importante. No te disculpes, más bien yo debo agradecerte, por hacerme parte algo y por darle un sentido a mi vida—dice Dwayne con lágrimas en los ojos.

—Espero que no sea la última vez que nos veamos, men. Te deseo suerte, y ten mucho cuidado, la cárcel es peligrosa.

—Eso intentaré, gracias por el consejo. Yo nunca he ido a alguna cárcel, así que no te puedo decir mucho, sin embargo confío en que estarás bien y que dentro de unos años nos volveremos a ver. Te quiero, hermano.

—Yo también te quiero, hermano, que Dios nos bendiga y que la suerte no nos desampare.

Los dos se devuelven a sus camas con lágrimas entre los ojos y con los ánimos bajos, saben que volverse a ver será muy difícil. Sin embargo la esperanza no muere, ya que este cariño fraternal que se tienen ambos es fuerte, así no hayan pasado años, pero la importancia de una relación muchas veces no se basa en su duración, sino en las experiencias vividas, y vaya que estos si tienen unas cuantas, muy fuertes y peculiares, por cierto.

XXVIII

Al otro día, alrededor de las seis y media de la mañana, el agente Collins en compañía de la detective Thompson bajan hasta las celdas.

—¡Es hora! —grita la mujer mientras se ríe—y luego agrega: —Aunque aún tienen otra oportunidad.

—Púdrete, vieja desgraciada—exclama Sheels.

—¿Pudrirme? ¿Yo? Creo que el que correrá con esa suerte serás tú, y tu amiguito, ¿Que dices? Collins.

— Así es, jefa. Ya es hora de irnos.

El oficial se acerca a la celda de Dwayne y nota que este aún sigue dormido.

—Jefa, el pequeño negro aún sigue dormido, creo que no le costará mucho acostumbrarse a su nuevo hogar ¿Eh?

—Ese ya está acostumbrado a la mala vida, Collins, más bien abra la celda y despiértelo. El juicio comienza en menos de una hora.

—Está bien.

Collins abre la celda, despierta a Dwayne, procede a esposarlo y lo saca de ahí. Al salir, Dwayne ve directamente a los ojos a Sheels.

—Hey, bro'.

—Hey, men. ¿Cómo dormiste?

—Bi...- Dwayne es interrumpido por un golpe en la cabeza por parte de Collins.

—Bien hecho, agente. A estos negros hay que enseñarlos a respetar—dice Thompson.

Llegan a la puerta, la abren y empiezan el recorrido hasta la zona de traslado, así como por la mente de Sheels inicia el recorrido por los recuerdos de su anterior estadía en la cárcel, mientras que Dwayne está nervioso, tiene las pulsaciones altas y una mente abarrotada de suposiciones. No sabe qué pasará, ni que hará ni mucho menos lo que dirá ante el juez, sólo sabe que está nueva etapa será difícil de superar.

Llegan a la entrada de la sede y ven dos camionetas blindadas, son esos típicos vehículos grisáceos recubiertos de frialdad y desesperanza. Se baja un oficial de cada uno de los carros, abren las puertas traseras y los hacen entrar.

Al cabo de unos instantes los vehículos arrancan, al igual que arranca el llanto de Dwayne, una de sus lágrimas cae a lo largo de ese asiento gris, en ella observa a un joven desprotegido, sin familia y sin esperanzas, lleno de miedos y de rencores adquiridos desde la infancia y con un camino ungido por la mala suerte, un joven que ahora no sabe que hacer porque está yendo a un lugar oscuro, solitario y peligroso, pero de un momento a otro se cansa de verse a sí mismo de esa manera, y borra con la manga de su suéter ese pequeño espejo delator de su endeble alma. Empieza a recordar todo lo que había vivido, tensa la mirada y se le viene a la mente la imagen del día en el que la pandilla le ofreció ser parte de ellos, y se da cuenta que si tiene familia, recuerda el día en el que Sheels lo salvó luego de haber robado esa chaqueta que aún conserva puesta, y ve que no está desprotegido, ahora avizora el instante en el que se despidió de Sheels en la celda y asimila que si tiene esperanzas, la cual es salir y ayudarlo, de pronto el carro da un paro brusco y Dwayne se tambalea, y vuelve a tomar consciencia sobre el lugar al que iría, sabe que sigue siendo igual de peligroso, pero que para sobrevivir allí debe ser duro y rudo, sin demostrar debilidad alguna, con noción propia de que es capaz de hacerlo, ya que justo en ese momento rememora esas dos escenas en las que defendió a Jessica, con agallas y valentía, tanto como para empuñar un cuchillo como para apretar el gatillo de una pistola.

Por otro lado, en otra ruta y en otro vehículo está Sheels, soñando despierto con la presencia de Earl.

—Hey, bro'. Juntos como siempre, tanto en las buenas y en las malas. ¿Cómo te va?

—Bien, hommie ¿Y a ti?

—Ahí vamos, directo al encierro, como hace un tiempo.

—Así es. Ya sabes que esta fue la vida que escogimos, o que el destino nos designó. Ahora hay que pensar en quien de nuestros hermanos está allá, para la protección y todo eso, sabes a que me refiero.

—Tienes razón... Cameron... El que fue nuestro vecino ¿Lo recuerdas?

—Cameron... Si mal no recuerdo murió en una riña. Hay que pensar Sheels, hay que saber que los que estaban ayer con nosotros, pueden estar hoy en contra.

—¿Quienes podrían ser esos?

—No lo sé, men. Ya sabes cómo ha sido esto desde siempre. En vez de ayudarnos unos a otros y unirnos como raza, hemos cada uno velado por nuestros propios intereses, como si fuésemos enemigos. Celosos de lo que otros hermanos han conseguido y muchas veces alegres de las desgracias que les ocurre.

—Eso es normal, hommie. Todos los humanos somos así, egoístas por naturaleza y con una ambición innata.

—Porque algo sea normal no significa que esté bien, bro'.

—Otro punto para el gran Earl. Salgamos del juego y pensemos con quien podemos contar allá adentro.

—Sólo tengo un nombre... No te gustará mucho.

—Habla ya.

—James.

—¿Tu primo? Fuck, bro'. Ya sabes que ese tipo y yo nunca nos hemos llevado bien.

—Esa es la única acción segura, Sheels.

—Al diablo con lo seguro.

Los carros se estacionan, uno tras otro en fila india, los custodios los bajan de sus respectivos autos y los llevan hasta la sala de juicio. Al entrar se siente el clima frío, tan frío como esos asientos de madera teñidos tanto de desbarajuste, abuso de poder e injusticia, como también de delincuencia despiadada, sangre inocente y sociópata al cien por ciento.

El primero en ser juzgado es Sheels. Lo sientan al frente, junto al abogado de turno y a su lado izquierdo el fiscal y la agente Thompson.

—Sheels Westbrook, acusado de tráfico de armas, distribución y venta de estupefacientes y delincuencia organizada. Aquí no hay mucho que agregar. ¿Alguna objeción por parte del acusado?

—No.

El juez lo ve y dice:

—Sheels Westbrook, la fiscalía en conjunto con la ATF ha decidido que su pena será de treinta y siete años en el correccional de máxima seguridad *Sing Sing* ubicado en el condado de Westchester, sin derecho a fianza ni a ningún tipo de trato—dice para luego golpear con el mallete.

Sheels se levanta y es custodiado hasta la salida, mientras ve a Dwayne, con mirada fría y de resignación.

Ahora hacen pasar a Dwayne.

—Dwayne Reevers, acusado por los delitos de encubrimiento y participación en actividades ilícitas, tales como intercambios de armas de origen ilegal y vandalismo. ¿Alguna objeción por parte del acusado?

Dwayne permanece callado.

—Dwayne Reevers, la fiscalía en conjunto con la decisión de nueve de los diez jurados y la ATF, he decidido que su pena será de ocho años, con derecho a libertad condicional luego de cumplir los primeros cinco. Procedan oficiales.

Levantan a Dwayne, lo esposan y se lo llevan directo a la correccional de máxima seguridad llamada *Rikers Island*, ubicada entre el condado de Queens y del Bronx.

Al cabo de unos cuarenta minutos, llega Dwayne a la cárcel, lo llevan hasta la sala de revisión, lo requisan y verifican que todo esté en orden para luego darle su nueva ropa. Una larga pieza de color naranja y unos zapatos negros. Al estar vestido, lo hacen pasar al cubículo de identificación, haciendo que pose frente a una cámara con un cartel:

Rikers Island.
282197

Lo hacen firmar los papeles de ingreso, colocando sus huellas dactilares y proceden a custodiarlo hasta su celda.

Al entrar al pabellón ve un largo pasillo lleno de barrotes grises, con los reos apoyados de ellos viendo quien era el nuevo residente.

Al otro lado de la ciudad, Sheels está instalado en su celda, acostado sobre su cama viendo la parte inferior de la cama de su compañero de celda. Un hombre blanco, con zarcillo y con tatuajes en los brazos. Desde que Sheels llegó el hombre no ha dicho ni una palabra hasta que de pronto rompe el silencio al preguntar:

—¿Por qué estás aquí?

—Homicidio—responde Sheels.

—¿A quién asesinaste?

—A mi mujer.

—Bien hecho-dice el hombre para luego reírse.

Todo se queda en silencio, de pronto el tipo baja bruscamente de su cama y se para frente a Sheels.

—¿Crees que soy estúpido?

Sheels se alerta, pero se mantiene tranquilo.

—¿A qué te refieres?

—¿Crees que no sé que eres otro pandillero?

Sheels se levanta inmediatamente y se le para al frente, viéndolo directamente a los ojos.

—¿Cuál es tu problema? Boy.

—No me gustan las mentiras-le dice y le insinúa un cabezazo.

Sheels lo agarra por la camisa y lo pega contra las rejas.

—Si sabes porque estoy aquí ¿Para qué carajos preguntas?

El tipo se ríe y dice:

—Prueba superada.

—¿Qué coño estás diciendo – Lo afinca más contra la reja.

—Es el tipo de cosas que le hago a mis nuevos compañeros. Relájate, y por cierto, no sabía que eras pandillero, pero ya veo que sí—le dice mientras ve el tatuaje de los *Banished* en su antebrazo izquierdo.

Sheels lo baja, se da la vuelta y se vuelve a acostar.

—Mi nombre es Matt ¿Y el tuyo?

—Sheels.

— Estos federales ya no hayan a quien ponerme al lado. Primero a un integrante de la *Cu-Cux-Clan*, recuerdo que se llamaba Mesüt, tenía orígenes alemanes, el tipo estaba loco de la cabeza. Todos los días me contaba de qué trataba su misión en la vida, como si a mí me importara ¿Si me entiendes?

Sheels permanece callado.

—Y el último, antes de ti era un sirio, que tipo tan demente. Se despertaba todos los días a las cuatro de la madrugada a rezar. ¿Acaso me estás jodiendo? A esa hora Dios debe estar durmiendo.

—Déjame dormir-le responde Sheels.

—Está bien, hablaremos más tarde. Tranquilo, sé que hablo mucho, pero pronto aprenderás a convivir junto a mí. Que te lo diga el sociópata de Peter Richardson, a los dos meses ya me escribía cartas de como pretendía asesinarme al salir de aquí, pe...

—¡STOP! —exclama Sheels—No soy tu amigo ni nada por el estilo, así que déjame dormir si no quieres que te golpee.

—Wow, está bien.

Sheels se duerme y empieza a descansar.

Dwayne en su celda, ya está instalado, curiosamente no tiene compañero de celda, está solo por los momentos. Se dispone a descansar y a dormir un rato.

XXIX

—¡SALGAN, SALGAN, ES HORA DE DESPERTAR! —dicen los oficiales mientras golpean con su palo los barrotes de las celdas.

Dwayne despierta, se levanta y se queda parado en la puerta.

—Pon las manos aquí—le dice el policía mientras abre la pequeña reja.

Dwayne hace lo propio y las coloca, en eso el oficial le coloca las esposas y abre la celda. Lo saca y lo dirige hasta la fila en donde estaban los demás reclusos, avanzando uno a uno para dirigirse al patio central.

Por otro lado Sheels hace lo mismo, pero al entrar en la fila ve a un grupo de tres blancos murmurando y volteando para verlo.

La fila avanza y este llega al patio central del pabellón B, es un lugar abierto en comparación con el interior del recinto. Un gran espacio cercado, con mesas, cancha de básquet y unas máquinas para hacer ejercicio.

Sheels lo primero que hace es ver el cielo, mientras que mueve el cuello en señal de relajación, mientras que espera por llegar hasta el oficial que está encargado de quitar las esposas.

Empieza a caminar y a ver como se organizan todos los demás, para ver cuáles eran los grupos y tratar de reconocer a alguien. Pronto ve como poco a poco se van haciendo distintos círculos, cada uno con sus respectivas cualidades. Están los grupos de los blancos, el de negros, el de latinos y el de las mafias europeas.

Se recuesta en la cerca y nota que un grupo de negros está caminando hacia él, y a medida que se van acercando, se van separando el uno del otro haciéndole entender que no tiene escapatoria. Este los ve, pero se mantiene relajado y no muestra preocupación alguna, ya que sabe que en este lugar no se puede demostrar temor, debido a que los reos son carnívoros del miedo y se alimentan y aprovechan de todo aquel que lo padezca, aunque todos tenemos miedo de algo, pero la diferencia es que unos lo demuestran y otros no, y he ahí en donde radica esa línea entre ser cazador o ser la presa, roles vitales en este juego de supervivencia al cual nos ha sometido modernidad.

Ahora, de vuelta a la escena.

—Hey. ¿Cómo es tu nombre? —le pregunta un tipo alto y robusto.

—Sheels.

—¿Sheels? ¿Acaso tu nombre lo sacaron de alguna historieta? —dice otro de los tipos mientras se ríe.

—¿Que quieren?

—Vemos que estás solo... Pensamos en que querías hacer nuevos amigos.

—¿Que te hizo pensar eso? — Sheels se separa de la cerca y se para firme.

—Ouh, estas siendo irrespetuoso. Agárrenlo chicos.

Dos de los hombres se dirigen hasta Sheels, lo agarran y lo pegan contra la cerca, haciendo que quede inmóvil.

El tipo alto y robusto se le acerca y le dice:

—Quiero que sepas que no estás en casa con tus amiguitos pandilleros, aquí eres uno más. Ninguno de este grupo está de acuerdo con tus enfrentamientos por problemas raciales. Tú eres uno de los que provoca que el mundo nos odie y nos vea de reojo. Así que piensa bien, y no creas que porque somos negros igual que tú, puedes contar con nosotros. Infeliz.

El tipo se aleja y los otros dos tipos lo sueltan.

Sheels se arregla el uniforme, escupe y se acerca a la cancha de básquet, toma el balón y se pone a jugar.

Ahora, Dwayne ve el mismo panorama, la misma formación de grupos y el mismo cielo.

Dwayne se sienta en una de las mesas, y empieza a pensar mientras ve hacia el vacío, pero de pronto los pensamientos son detenidos por un golpe en la mesa.

—Este sitio nos pertenece-le dice un tipo blanco, en compañía de otros seis hombres, son dos negros, un latino, un asiático y un árabe. Son ese grupo de lobos solitarios que se vieron en la obligación de formar una manada.

Dwayne lo ve a los ojos y se levanta, se da la vuelta y se dispone a irse.

—Pero si quieres te puedes quedar-le dice el hombre asiático.

Dwayne se detiene y voltea.

—¿Cómo te llamas? Boy-le pregunta uno de los negros.

—Dwayne.

—Para ver tu brazo—le exige el hombre blanco.

—¿Para qué?

—Déjalo tranquilo—le dice el hombre árabe.

—Siéntate.

Dwayne lo hace y empieza a hablar con el grupo, pero voltea, debido a que siente el peso de una mirada. Al hacerlo ve a un gran hombre de color observándolo con mirada sigilosa. Dwayne lo ve a los ojos, lo ignora y sigue hablando con los demás.

Al cabo de una hora, se hace el momento de entrar, todos a seguir de nuevo el mismo protocolo.

Sheels llega hasta su celda, se acuesta y le pregunta a Matt:

—¿Donde estuviste? No te vi por ningún lado.

—Por ahí, hablando con unos amigos. Vi que se te acercó Gael y sus chicos. ¿Qué te dijeron?

—Nada importante.

—Ya veo.

Al caer la noche, Dwayne en su celda, empieza a recordar todos los lugares por los que había pasado, por todos esos hogares adoptivos. Preguntándose como estaría Jessica y que habría pasado con Dayana. Se siente culpable ya que la sacó de un lugar en donde estaba segura, y ahora no podría estar con ella para cuidarla, sin embargo sabe que la dejó en buenas manos. También piensa en su tío William, en que cuando se enterase se iba a decepcionar, pero no se puede hacer nada, y menos cuando una decisión fue tomada y ya se está viviendo las consecuencias de ella, ya que la vida es como el ajedrez, si haces un mal movimiento no debes estancarte, más bien debes pensar en el próximo paso.

Por otro lado, Sheels, también está acostado, pensando en su madre y pidiéndole ayuda, ya que un hombre por más experiencia que tenga o por más rudo que aparente ser, en alguna que otra situación de apremio necesitará pedirle ayuda a algún ser supremo o a alguna alma que esté en otro plano espiritual.

Al cabo de una hora logra dormirse, son casi las nueve de la noche, todo está tranquilo. En la entrada está el oficial Rollings, ve el reloj, toma el manojo de llaves y empieza a caminar hasta el área de las celdas. Llega hasta el segundo piso y abre la celda número ochenta y siete, haciendo así que salgan los dos reclusos que allí residen. Les quita las esposas, tranca la reja y se encaminan hasta el tercer piso.

Suben las escaleras rápida pero sigilosamente y llegan hasta la celda ciento siete. Rollings abre la reja e inmediatamente Sheels se levanta. El primer tipo entra, pero Sheels le mete una patada en el estómago y lo manda para atrás, pero de pronto se ve sorprendido por una patada en la cara por parte de Matt, Sheels queda mareado y se apoya de la pared para no caer, mientras que el otro tipo se le acerca y le clava un puñal en el estómago, para luego hacerlo un par de veces más hasta que Sheels cae al piso lleno de sangre.

Los tipos salen de la celda, Rollings cierra la reja y vuelven a sus respectivos sitios, como si nada hubiese pasado.

Al cabo de unos minutos, en la cárcel empiezan gritos y golpes en las rejas por parte de algunos reclusos. El otro oficial sube y uno de los reos le dice que hay un hombre herido en una de las celdas de arriba. Este se alarma y pide refuerzos. Llega hasta la celda, abre la puerta y le presiona las heridas a Sheels para detener el desangramiento. Llega el equipo médico y se lo llevan hasta el hospital de la cárcel, pero Sheels está inconsciente y perdiendo mucha sangre.

Al otro día en la mañana, Dwayne sigue la misma rutina del día anterior, sin la mínima noción de la situación de Sheels, la cual es complicada ya que se encuentra en medio de la cirugía.

Sale al patio y se dirige hasta la mesa en donde está el grupo del día anterior, pero al llegar Dwayne, todos se levantan y se van, y al voltear hacia atrás ve a un grupo de hombres blancos yendo hasta él. Este se queda quieto y sólo siente como es sujetado desde atrás por otro hombre, mientras que ve como se le acerca uno de los tipos y siente un fuerte golpe en el estómago, se retuerce del dolor para luego recibir uno en el rostro. El tipo de atrás lo deja caer y Dwayne empieza a recibir una lluvia de patadas, pero de pronto llegan cinco tipos negros y golpean a los blancos, haciendo que se arme una trifulca, y a los pocos segundos entra el escuadrón anti-motín al patio y disuelven la revuelta. Toman al grupo de negros y al de blancos y los llevan hasta las celdas de aislamiento, mientras que a Dwayne lo llevan hasta el hospital, porque le han roto una costilla y la nariz.

XXX

Al cabo de unos tres días Dwayne sale de la celda de aislamiento y al llegar a la suya, nota que hay una carta encima de su cama.

"Hey Dwayne, no sabes quién soy, ni yo tampoco sabía quién eras, pero al ver tu rostro y al percibir esa mirada, entendí que si lo sabía, porque esos gestos y esa forma de caminar sólo se la he visto a alguien, y es a tu padre. Lo conocí hace muchos años atrás, fue en esos tiempos en el que murió tu madre. Me llamo Reims, y en lealtad a él, trataré de que estés a salvo mientras estés aquí. Puedes contar conmigo para lo que sea. Espero verte hoy en el patio, mis hommies y yo queremos que te unas, soy ese tipo negro que se te quedó viendo en tu primer día, mientras hablabas con Charles y los suyos.".

Al otro lado de la ciudad está Sheels, inconsciente y aún tirado en la cama del hospital. Lo tendrán que inducir a tratamientos intensivos, ya que no reacciona ante el tratamiento y no se le ha visto mejoría desde la intervención quirúrgica.